JAPAN

사진으로 보는 일본

사진으로 보는 일본의 유물들
일본의 건축물엔 유난히 성이 많아!

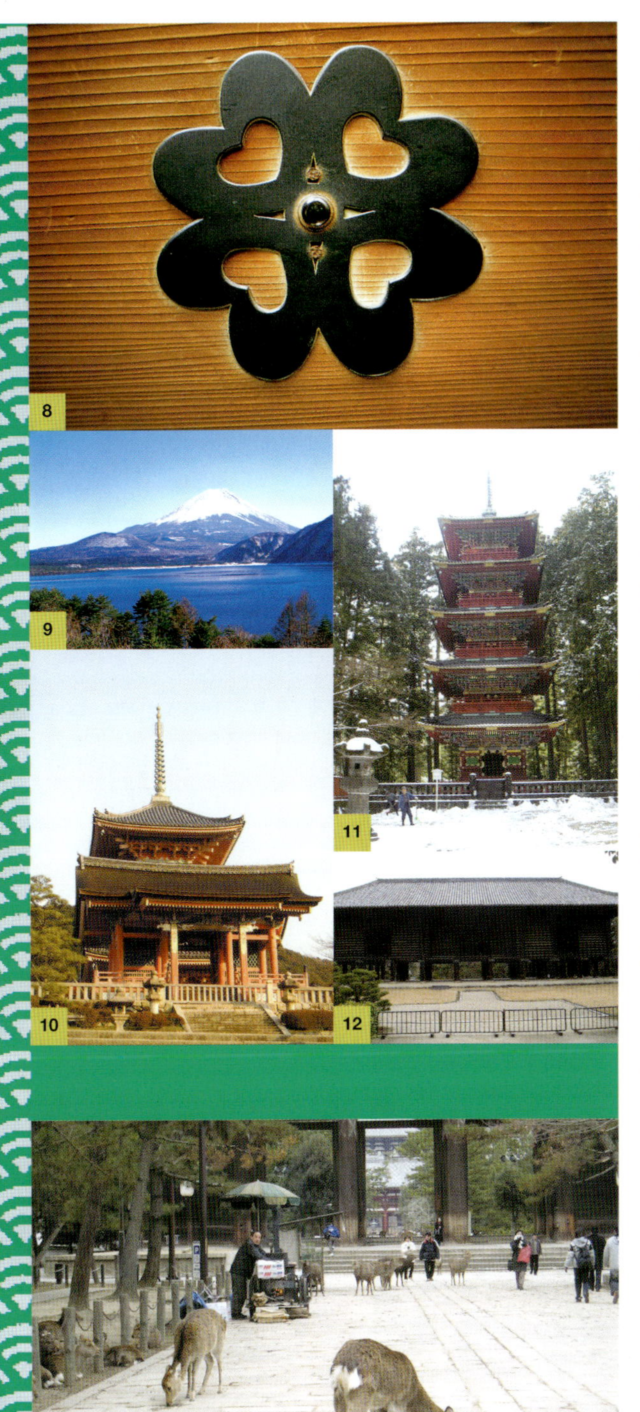

1) **히메지 성** 현존하는 16세기 일본 성곽 건축 중 최고. 1333년 나무로 지어진 이 성엔 고도로 발달된 방어시스템과 교묘한 보호 장치를 갖춘 83개의 전각이 있다. 세계문화유산이다.

2) **시리카와 지방과 코카산 역사 마을** 바다와 높은 산으로 인해 고립되었던 마을로 세계에서 보기 힘든 독특한 형태의 가옥과 생활풍습으로 유명하다. 그림 속에서 튀어나온 듯한 아름다운 산골 마을들은 세계문화유산으로 지정되었다.

3) **오사카 성** 일본을 통일한 도요토미 히데요시가 1583년 3년에 걸쳐 완성하였으나 1615년 도쿠가와 막부에 포위되면서 파괴되었다. 도쿠가와 이에야스에 의해 재건되나 화재로 소실되고 현재의 모습은 1931년에 지은 것이다.

4) **나고야 성** 이마가와 씨가 나고야에 쌓은 성인데, 몇 년 뒤 폐허가 된 것을 도쿠가와 이에야스가 천하통일을 이룬 후 권력 기반을 다지기 위해 다시 축조하였다.

5) **메이지 신궁 본전** 일본 근대화에 지대한 영향을 끼친 메이지 천황과 소헌 황태후를 기리기 위해 1920년에 하라주쿠에 세웠다.

6) **센소지 전경** 아사쿠사에 있는 절로 628년 스미다가와에서 고기잡이 하던 어부들이 그물에 걸린 5m의 관음상을 발견하고 이 절을 세웠다고 한다.

7) **도리이** 도리이는 신사 앞의 새들이 쉬어 갈 수 있게 만든 문으로 하늘 천(天)자 모양이다.

8) **가문의 상징, 카몬** 가문마다 특이한 문양이 있어서 저택 곳곳에 혹은, 그들의 생활용품에 새겨 놓곤 했다. 황실의 카몬은 국화이다.

9) **후지산** 현무암으로 이루어진 원추형의 아름다운 휴화산. 해발 3,776m로 일본의 상징이라 일컬어진다. 역사 기록에는 781년부터 1707년까지 10여 차례 화산 활동이 있었다고 적혀 있다.

10) **키요미즈테라(청수사)** 교토에서 가장 인기 있는 방문지. '키요미즈'는 '순수한 물'이라는 뜻이다. 780년에 나라에서 온 승려 엔친이 세운 것으로 절벽에 세워진 본당에선 교토 시내를 한눈에 내려다볼 수 있다.

11) **도쇼궁** 에도 막부를 연 도쿠가와 이에야스를 모시는 신사. 현재의 건물은 1626년에 세워진 것으로 금색전이라고도 하는데, 건물에 금박을 입혀 놓아 화려하고 아름답기 때문이다.

12) **쇼소인** 나라 현 도다이사에 있는 왕실의 유물 창고로서, 729~749년에 창건된 것으로 추정된다. 756년 쇼무 왕이 죽자 왕비는 그의 명복을 빌기 위해 이곳에 숟가락을 비롯한 칼·거울·무기·목칠 공예품·악기 등 600여 종의 애장품을 49재에 맞춰 헌납하였다.

13) **나라의 사슴 공원** 나라 현에서는 녹음이 있는 어디에서든 일본의 천연기념물 사슴을 볼 수 있다. 일본 건국 신이 사슴을 타고 내려왔다는 신화 때문이다.

일본 사람들은 뭘하며 놀까?

14〉 스모 일본의 전통 격투기. 서민들 사이에서 유행하던 원시적 씨름을 나라 시대에 왕가에서 채택하면서 매년 칠석날 즐기게 되었다.

15〉 가부키 일본 전통 고전극의 하나. 구마도리라는 특유의 짙은 화장에 관능적 내용을 담은 민중극으로 약 400년 가까운 역사를 가지고 있다.

16〉 마츠리 마츠리는 제사를 겸한 축제이다. 원래는 마을의 수호신에게 올리는 제례의식이었는데, 마을 사람들이 함께 의식을 준비하면서 지역 놀이문화로 자리잡았다.

17〉 온천 대부분의 일본 열도가 화산대에 속해 있는 지리적인 관계로 인해서 일본에는 온천 자원이 풍부하다. 조그만 여관에 딸린 노천온천은 깔끔하게 정리된 주위 정원과 잘 어울린다.

18〉 일본의 판화(우키요에) 17세기 이후 발달해 19세기 중엽에 최고조로 달한 이 우키요에 판화는 프랑스 인상파 화가들에게 큰 영향을 미쳤다. 독특한 일본적 정서를 잘 드러내고 있는 세계적 미술문화.

19〉 코스프레 '복장'을 뜻하는 '코스튬'과 '놀이'를 뜻하는 '플레이'의 합성어. 청소년들이 좋아하는 대중스타나 만화주인공과 똑같이 분장하여 복장과 헤어스타일, 제스처까지 흉내내는 놀이이다.

20〉 게이샤 일본 전통 기생. 게이샤가 되려면 게이샤 학교에서 벚꽃춤과 같은 전통춤에서부터 노래, 악기까지 최소한 5년은 배워야 하고, 다도, 꽃꽂이, 고대 일본 도자기, 심지어는 세계의 정치까지도 공부해야 한다.

21〉 가면극, 노 무용·극·시·음악이 어우러진 노(能)는 600년의 역사를 지닌, 세계에서 가장 오래된 무대예술이다. 주인공이 대부분 유령이며 무표정한 가면을 쓰고 연기한다.

사진으로 보는 일본의 문화
일본의 독특한 전통문화를 찾아보자구!

22〉 사무라이 일본 봉건 시대의 무사. 중세 초기 제후의 궁성에서 방위의 임무를 띤 군사들을 의미하였고, 그 뒤 봉건 제후에게 충성과 봉사의 의무를 가졌던 무사계급 전체를 포함하게 되었다.

23〉 마네키 네코 앞 발을 들고 서 있는 고양이 인형으로, 복을 부른다고 한다. 마네키 네코는 오른팔을 들고 있는 것과 왼팔을 들고 있는 것이 있는데, 오른팔은 돈을, 왼팔은 사람을 부르는 의미를 가지고 있다.

24〉 스시 일본의 가장 대표적인 음식. 동남아시아에서 물고기를 소금에 절여 곡물과 함께 저장하던 방법이 중국을 통해 일본으로 전해진 것이다.

25〉 기모노 일본 전통의상. 남자들의 기모노는 신분 계급에 따라 형태, 염색이 달랐다. 한복처럼 의식이나 행사 때 입는 옷으로 때와 장소, 목적에 따라 옷감의 종류, 모양, 색깔, 입는 법이 다르다.

26〉 오미쿠지 1년의 신수를 알아보는 일종의 제비뽑기. 새해에 신사에 가서 돈을 내고 오미쿠지 상자에서 오미쿠지를 한 장 뽑아 1년 운세를 알아보는 풍습이 있다.

27〉 일본식 정원 1000여 년 이전에 시작된 일본식 정원은 자연의 모습을 '인공적'으로 흉내낸 인공미를 가지고 있다. 둔덕, 작은 물길, 나무랑 꽃을 두는 형식을 꼭 지킨다.

28〉 일본 라면, 라멘 라멘은 패전 후 일본이 어렵던 시절, 중화요리 집에서 남은 돼지 뼈, 닭 뼈를 고아 스프를 만들고 일본인들에게 익숙한 조미료인 간장, 된장으로 맛을 낸 서민적인 음식에서 유래했다.

29〉 일본의 전통악기, 샤미센 산겐이라고도 하는데 비단으로 만들어진 줄이 3개이며 가죽은 개나 고양이 가죽을 쓴다. 가부키나 전통예술 공연을 할 때 쓰인다.

30〉 장례풍습, 가족묘 일본의 가족묘는 가족 납골묘이다. 묘라고 불리는 전통적인 석탑형 가족납골묘는 중앙에 세로로 세워진 큰 묘석과 그 아래 지하에 설치된 납골실로 구성되어 있다.

31〉 스님 일본 불교는 종파에 따라서 다르지만 스님이 대부분 결혼을 하며 머리를 기르기도 한다. 스님은 일본에선 최고의 결혼 상대자라고.

32〉 일본 전통혼례복

일본과 우리는 정말 멀고도 가까운 나라야!

33〉 호류사 일본 나라 현에 있는 절. 607년 쇼토쿠 태자가 세웠다고 전해진다. 이 절의 금당 내부 벽화는 고구려 승려 담징이 610년 그린 것으로 한국의 석굴암, 중국 윈강석불과 함께 동양 3대 미술품의 하나로 꼽히고 있다.

34〉 야스쿠니 신사 야스쿠니는 '평화로운 나라'라는 뜻을 지니고 있지만, 이름과는 상반되게 전쟁 영웅들의 위패를 모시는 신사이다. 세계 2차 대전의 전범들의 위패가 이곳에 있다.

35〉 일본의 아키히토 천황 월드컵 공동 개최를 앞두고 아키히토 천황이 고대 천황은 백제 왕의 후손이라고 밝혔었다.

36〉 국보 1호 목조반가사유상 일본 국보 1호인 교토 고류지(광륭사)의 목조반가사유상은 우리나라 국보 83호와 똑같은 모습을 하고 있으며, 이 반가사유상은 우리나라에서만 나는 적송으로 만들어졌다. 고대 한국 문화가 일본에 전해졌음을 보여 주는 증거이다.

37〉 칠지도 백제의 왕이 일본의 왕에게 하사했다는 양날의 칼. 7개의 칼날을 가진 이 칼에 써 있는 문장을 통해 당시 백제가 일본의 종주국이었음을 알 수 있다.

사진으로 보는 일본의 오늘
이것이 경제 강국, 일본의 현재 모습이야!

38) **도쿄 타워** 도쿄를 대표하는 건축물. 1985년에 세워진 높이 333m의 철탑으로 중간에는 전망대가 있고 상부에는 텔레비전 안테나가 설치되어 있다.

39) **레인보우 브리지** 도쿄에 있는 현수교로 밤이 되면 12가지의 다양한 조명으로 모습이 바뀐다. 길이는 총 789m이며, 시바우라 부두와 오다이바를 연결한다.

40) **신주쿠** 도쿄의 신주쿠 역을 통과하는 오다큐센 길. 일본의 철도는 거미줄같이 복잡하게 얽혀 있다.

41) **도쿄 디즈니랜드** 1983년 개장한 테마파크로 미국 LA의 디즈니랜드가 일본에 진출하여 도쿄 근교에 만든 것이다. 테마파크의 구성은 디즈니시(Disney sea)와 디즈니랜드(Disney land) 두 개의 파크로 구분되어 있으며, 디즈니시는 바다를 주제로 총 7개의 테마로 되어 있다.

42) **자동차 운전석** 일본 자동차의 운전석은 우리와 달리 오른쪽에 있다.

43) **지진** 아시아를 구성하고 있는 대륙판과 태평양을 구성하고 있는 해양판이 만나는 접경지대에 있는 일본은 1년에도 수차례의 지진이 발생한다.

44) **일본은 지금 한류 열풍**

45) **다다미방** 일본 전통 방 형태로 짚으로 만든 판에 왕골이나 부들로 만든 돗자리를 붙여 만든 다다미를 방바닥에 깐 것이다. 습기를 막아 주는 데 효과적이라고 한다.

46) **화산** 온천 주변엔 화산이 많이 있다.

47) **요란한 일본 상점**

48) **일본 지하철**

49) **나카미세도리** 에도 시대 이후 아사쿠사 최대의 번화가이다. 300m의 포장도로에 150여 개의 상점이 들어서 있다. 주로 일본 전통 민예품과 과자를 판다.

노빈손의
시끌벅적 일본 원정기

노빈손의 시끌벅적 일본 원정기

초판 1쇄 펴냄 2005년 7월 15일
초판 20쇄 펴냄 2017년 11월 1일

지은이 한희정
일러스트 이우일
펴낸이 고영은 박미숙

편집이사 인영아 | 뜨인돌기획팀 이준희 박경수 김정우 이가현
뜨인돌어린이기획팀 조연진 임솜이 | 디자인실 김세라 이기희
마케팅팀 오상욱 여인영 | 경영지원팀 김은주 김동희

펴낸곳 뜨인돌출판(주) | 출판등록 1994.10.11(제406-251002011000185호)
주소 10881 경기도 파주시 회동길 337-9
홈페이지 www.ddstone.com | 노빈손 www.nobinson.com
대표전화 02-337-5252 | 팩스 031-947-5868

ⓒ 2005 한희정, 이우일
'노빈손'은 뜨인돌출판(주)의 등록상표입니다.

ISBN 978-89-5807-193-8 03810
CIP제어번호 : CIP2010002991

어린이제품안전특별법에 의한 제품표시	
제조자명 뜨인돌 **제조국명** 대한민국 **사용연령** 만 8세 이상 어린이 청소년 제품	**전화번호** 02-337-5252 **주소** 경기도 파주시 회동길 337-9

노빈손의
시끌벅적 일본 원정기

한희정 지음 | 이우일 일러스트

뜨인돌

風(풍) 빠르기는 바람과 같고
林(림) 조용하기는 숲과 같으며
火(화) 공격할 때는 그 기세가 불과 같고
山(산) 움직이지 않기는 산과 같아라.

다케다 신겐(1521~1573, 전국 시대의 무사)

앵커 〉 방금 들어온 생생한 뉴스를 말씀드리겠습니다. 세계 여행을 떠난 노빈손이 이집트, 중국, 로마에 이어 일본에서도 또 실종됐다고 합니다. 잠깐 이게 무슨 특종이야. 허구한 날 실종되는데……. 노빈손이라는 녀석 혹시 실종이 취미 아냐?

기다려라 독도야, 노빈손이 나가신다!

세계 여행을 하던 노빈손은 독도가 일본 땅이라는 말을 듣고 혈압이 올라 그냥 있을 수가 없었어. 아니 대마도도 아니고 홋카이도도 아니고 왜 독도가 일본 땅이라는 거야? 이번 기회에 뭔가 확실히 하지 않으면 안 되겠어. 뚝딱뚝딱 부실한 뗏목도 만들고 두둑하게 비상식량도 챙기고 넘실대는 동해 바다를 건너 독도에 태극기를 꽂으러 가는 노빈손. 노빈손은 과연 독도에 무사히 도착해 태극기를 휘날리며 독도는 우리 땅이라고 힘껏 외칠 수 있을까?

허걱~ 노빈손이 동해를 건너다 실종됐다고?
거기다 거친 파도는 독도가 아닌 일본에다 노빈손을 데려다 주었다고?
오, 신이시여―.
하지만, 너무 걱정 마. 사나운 이집트의 모래 폭풍에 휘말리고, 진시황의 되살아난 병사들과 전쟁을 벌이고, 로마에서 검투사가 되어 으르렁거리는 사자와 싸우면서도 꿋꿋하게 살아남은 빈손이잖아.

처음 의도와 좀 달라지긴 했지만 어쨌거나 기다려라 일본아, 노빈손이 나가신다!

일본 열도는 아시아 대륙과 하나였어.

아주 오래 전 지구는 거대한 땅덩어리였다고 해. 몇 개의 거대한 판으로 이루어져 있던 대륙들은 지구 내부에서 작용하는 힘에 의해 연간 수 센티미터의 크기로 서로 움직이고 부딪히면서 지금과 같은 모습을 갖게 되었다나. 일본 열도도 처음엔 아시아 대륙과 육지로 연결되어 있었지만 빙하가 녹기 시작하면서 해수면이 상승했고 자연스럽게 수제비처럼 떨어져 나와 대륙에서 분리되었어. 그런 의미에서 가깝고도 먼 나라, 일본이 딱이지.

경제력 세계 2위,
경제 강대국 일본을 말하다.

일본은 지리적으로 우리나라와 가까울 뿐만 아니라 역사 · 정치 · 경제 · 사회적으로도 밀접한 관계를 가지고 있어. 섬나라였던 일본은 우리나라를 통해서 대륙 진출을 시도했고 또 선진 문물을 받아들이기도 했어. 하지만, 일본은 더 이상 우리에게서 뭔가를 배워 가던 과거의 일본이 아니야.

태평양전쟁으로 대륙 진출의 꿈을 실현시키는 듯 보였지만, 전쟁의 결과는 혹독한 패배였고 일본은 세계의 역사 속에서 쓸쓸하게 사라지는 듯 보였어. 하지만, 아시아의 작은 나라였던 일본은 세계의 경제를 쥐고 흔드는 세계경제대국으로 성장했어. 강력한 경제력을 바탕으로 세계적으로 영향력을 행사하고 있는 일본은 아시아에서 거의 유일하게 선진국으로 당당히 자리잡았고, 세계의 주목을 받고 있다고 해도 과언이 아냐.

이제 UN상임이사국 자리를 꿰차기 위해 발 빠르게 움직이고 있다고 하니, 우리나라도 바짝 긴장해야 하지 않을까?

배울 건 배우고, 할 말은 하고,
사과 받을 건 받고!

과거의 역사에 연연하면서 반일 감정에 사로잡혀 일본을 제대로 보지 못한다면 곤란해. 배울 건 배우고, 할 말은 하고, 사과받을 건 받고! 야무진 우리가 되려면 일본이 어떤 나라인지 제대로 아는

것이 중요하겠지?

또각또각 게다를 신고 뒤뚱뒤뚱 일본을 누비고 있는 노빈손에게 어떤 일이 일어나는지 이제 슬슬 알아볼까? 집채만한 덩치의 스모 선수에게 내동댕이쳐지기도 하고, 999개의 칼을 가진 무사의 추격을 받고, 벤또 부인의 음모도 막아야 하고 우무베에게 잡혀간 아이들도 구해야 하고. 휴~ 바쁘다, 바빠! 하지만 일본이라고 예외는 없어. 누가 빈손이 가는 길을 막으랴! 시끌벅적 요란한 노빈손의 일본 원정기, 기대해도 좋아. 독도에 상륙해서 태극기를 휘날리며 독도는 우리 땅을 외치고 싶었던 노빈손. 세계 여행까지 미루고 한걸음에 달려온 빈손을 함께 응원하지 않을래? 모두가 함께한다면 우리의 역사도, 우리의 독도도 감히 누가 어쩌지 못할 거야.

독도수호대 홈페이지 http://www.tokdo.co.kr
사이버 독도 http://www.dokdo.go.kr
우리역사 바로 알기 시민연대 http://www.historyworld.org
국회도서관 일본 역사 왜곡 자료 전시관 http://www.nanet.go.kr/japan
일본교과서 바로 잡기 운동 본부 http://www.japantext.net

2005년 7월
한희정

등.장.인.물.

노빈손 ●● 대한민국의 소문난 모험가, 세계 여행가. 이번엔 일본에 상륙했다! 사무라이의 시퍼런 칼에 위협당하기도 하고 스모 경기장 모래판에 나동그라지면서도 멈출 줄 모르는 그의 일본 대탐험. 딸각딸각 게다를 신고 달리는 그의 발걸음이 오늘도 바쁘다 바빠!

맹인 닌자 잣또이치 ●● 한때 후지와라 가문의 나인으로 일했던 아줌마. 임금 인상을 요구하며 가출한 닌자를 대신해 스스로 닌자가 되기로 결심, 천장으로 올라간 인물. 눈이 보이지 않지만 눈에 보이는 그 이상의 것을 볼 줄 아는 심미안의 소유자.

히데요시 ●● 미야자키의 숨은 충복. 미야자키의 마지막 핏줄을 지켜내기 위해 부귀영화를 버리고 산속으로 숨어 버린 그는 언젠가 마지막 핏줄이 자라서 미야자키 가문을 일으켜 줄 것이라 굳게 믿고 있다.

도요토미 덴뿌라 ●● 귀족들의 보디가드로 활동하다 자수성가한 대표적인 인물. 빈틈없는 내조 덕분에 현재의 자리에까지 올라왔으나 어느새 그 내조가 압박으로 다가오기 시작하는데……. 인생의 첫 번째 조건이 돈이라고 여기며 오직 앞만 보며 달려온 인생.

이치카와 ●● 춤이면 춤, 노래면 노래, 만담이면 만담 못하는 게 없는 종합 예술인, 가부키 배우. 구마도리 상자와 클렌징 크림만 있으면 카멜레온같이 변신하는 그의 힘의 정체는 오~ 화장발이어라.

●● 취미는 못 먹는 감 찌르기. 특기는 찌른 데 또 찌르기. 조직 생활이 체질에 맞지 않아 솔로로 활동하는 사무라이. 늘 진정한 승부에 목말라 있는 사나이 중의 사나이. 결투로 빼앗은 999개의 칼을 자랑삼아 들고 다니기 때문에 칼 장수가 아니냐는 오해를 종종 받는다.

●● 전국 스모 대회에서 매년 우승을 거머쥐는 실력 있는 스모 선수가 되는 것이 꿈이지만, 출전하는 스모 대회마다 다 꽝이다. 359전 359패 전설의 패배자이자 만년 벤치 신세. 탁월한 신체조건을 갖추었으나 빛을 보지 못하고 슬럼프에 빠져 허우적거리다가 노빈손을 만나면서 인생 역전이 시작된다.

●● 건들건들, 어딘지 아파 보이는 카무로의 비쩍 마른 행동대장. 도요토미 덴뿌라에 관한 험담을 하면 어디선가 나타나 집단으로 난입해 난장판을 만들지만, 정작 카무로끼리 있을 땐 자신의 험담을 할까 봐 화장실에조차 가지 않고 마냥 참는, 알고 보면 소심한 소년.

●● 한때 지성과 미모를 겸비한 게이샤로 이름을 날렸으나 덴뿌라의 지칠 줄 모르는 구애를 받아들여 지금은 내로라하는 도요토미 가문의 안방마님 자리를 꿰찼다. 양심은 버뮤다 삼각지에다 버리고 왔는지 사치스런 생활을 위해서라면 낯 뜨거운 짓도 서슴지 않는다. 홈쇼핑에 눈이 멀어 오늘도 도시락을 싸들고 다니며 덴뿌라에게 돈 벌어 오라고 다그친다.

차례

프롤로그

1부

2부

3부

에필로그

프롤로그

아이들을 잡아가는 귀신

"부탁드립니다. 도와주십시오."

"어르신께서는 마을에 큰일이 있을 때마다 지혜로운 말씀으로 저희를 도와주시지 않았습니까. 저희를 도와줄 사람은 어르신밖에 없습니다. 누가 우리 평민들 말에 귀를 기울여 주겠습니까?"

"제발 부탁드립니다. 어르신이 아니면 저희는 정말이지……."

"이 늙은이가 무슨 힘이 있겠는가마는, 무슨 일인지 들어나 봄세."

"감사합니다, 감사합니다."

자신들의 말을 들어준다는 것만으로도 감격스러운 사내들은 몇 번이나 고개를 조아렸다.

"몇 달 전부터 마을 아이들이 하나 둘 없어지기 시작했습니다. 처음엔 사고일 거라고, 우연일 거라고 생각했습니다."

"그런데 요 며칠 전부터 매일 밤 한 명씩 아이들이 사라지는 겁니다. 아무리 조심하고 문단속을 단단히 하고 두 눈 부릅뜨고 지켜도 아침이 되면 어김없이 아이들이 하나씩 줄어 있지 뭡니까."

"아침마다 아이들 수를 셀 때면 심장이 다 오그라드는 것 같습니다요. 미야자키님이 영주로 계셨을 때는 이런 일이 없었는데……."

"저희들이 할 수 있는 일이라고는 해가 지면 대문을 잠근 채 덜덜 떨며 어서 밤이 지나가기를 기다리는 일뿐입니다. 이건 분명… 사람의 소행이 아닙니다."

"이 사람이 무슨 말을 하고 있는 거야?"

"그렇지 않나? 두 눈을 시퍼렇게 뜨고 지키고 있는데도 아이들을 데려가는 일이 어디 사람이 할 수 있는 일이겠어? 분명 우무베의 짓입니다. 틀림없습니다요."

"이 사람이, 어르신 앞에서 무슨 소릴 하는 거야?"

"그럼 자네는 이 일을 어떻게 설명할 텐가? 그리고 스즈끼 군이 한밤중에 '오바리오 오바리오' 하고 우는 울음소리를 들었다고 하지 않았나? 이건 아이를 잡아간다는 요괴의 울음 소리잖나. 아이를 잡아가는 우무베를 봤다는 마을 사람도 있다고."

"그건……."

또 다른 사내는 할 말을 찾지 못하고 있었다.

"틀림없습니다. 이건 우무베의 짓입니다. 어르신, 이를 어쩌면 좋습니까? 아이고 우리 삼대 독자……. 이를 어째―."

사내는 얘기하다 말고 울음을 터뜨렸다.

히데요시는 눈을 감고 미동도 하지 않은 채 사내들의 얘기를 묵묵히 듣고 있었다.

"아이들을 찾을 방법이 없을까요?"

사내들은 히데요시가 눈을 뜨고 무슨 말이라도 해주길 바라며 숨죽인 채로 그를 바라보고 있었지만 히데요시는 좀처럼 눈을 뜨지 않고 침묵만 지켰다.

얼마나 흘렀을까? 드디어 히데요시가 입을 열었다.

히데요시의 눈치를 보던 사내들은 움찔하며 자세를 고쳐 앉았다.

천장에서 떨어진 닌자

"자네들은 일단 돌아가 있게."

"하지만……."

"아이들을 찾아올 만한 사람을 알아봄세. 자네들은 마을로 돌아가 사람들을 진정시키고 있게나."

"감사합니다, 감사합니다요."

"저희는 어르신만 믿고 돌아갑니다."

사내들은 몇 번이나 머리를 조아렸고 돌아가면서도 히데요시의 집 쪽을 향해 연신 인사를 하며 산을 내려갔다.

사내들이 돌아가고 나서도 히데요시는 한참이나 깊은 생각에 잠겼다. 이윽고, 눈을 번쩍 뜬 그가 손바닥으로 무릎을 세게 내리쳤다.

찰싹―.

아무 일도 일어나지 않았다. 히데요시는 당황하며 다시 한 번 무릎을 찰싹— 치며 낮게 힘주어 외쳤다.

"잣 또이치~."

히데요시의 말이 끝나기가 무섭게 툭 하고 검은 그림자가 떨어졌다.

먹물 방울처럼 떨어진 검은 옷의 사람은 오랫동안 천장에 쭈그리고 앉아 있었던 탓에 다리에 쥐라도 났는지 엉거주춤한 자세로 착지하여 쓰러질 듯 말 듯 하다가 간신히 중심을 잡았다.

당연히 잣 또이치일 거라고 생각했던 히데요시는 떨어진 사람을 보고 기절할 듯이 놀랐다.

"으헉— 누구냐, 넌?"

"전 노빈손인데요."

"노.빈.손? 네가 왜 거기서 나와? 잣 또이치는 어쩌고?"

"제가 그 분 대신 아르바이트 중이거든요. 시키실 일 있으면 저한테 시키세요."

"이게 무슨 사무라이 칼로 사과 깎는 소리야? 잣 또이치, 잣 또이치, 어디 있나?"

히데요시가 천장에 난 구멍을 바라보며 고함을 질러대자 부스럭거리는 소리가 들리더니 또 한 차례 검은 그림자가 바닥으로 착지했다.

노빈손처럼 불안한 건 아니지만 관절염 환자 같은 구부정한 자세로 또 한 명의 닌자가 등장한 것이다.

"잣 또이치, 이 아이가 도대체 무슨 말을 하고 있는 거지?"

잣 또이치는 머리가 희끗희끗한 할머니였다. 깊게 패인 주름이 그녀의 나이를 말해 주고 있었지만, 그녀의 몸놀림은 웬만한 청년보다 날렵했다.

"빈손이 말이 맞습니다. 제가 아르바이트생을 고용했거든요. 나이가 나이인지라 천장에서 뛰어내리는 게 만만치 않아서리……."

"그래서 내가 내려와 있어도 된다고 하지 않았냐?"

"닌자에게는 천장이 더 편한 법입니다."

히데요시는 못 당하겠다는 듯이 고개를 저었다.

"고집도……. 그래 자네는 뭐하는 사람인가? 이곳 사람 같지는 않은데……. 어디서 왔는가?"

히데요시는 닌자 옷을 입고 있는 희한하게 생긴 청년에게 호기심이 생겼다.

"제 이름은 말씀드린 대로 노빈손이구요, 눈치 채셨겠지만 대한민국 핸섬 청년이랍니다. 일본에 오게 된 건… 흠, 설명하자면 길어요. 암튼 여차저차해서 일본의 과거로 흘러 들어오긴 했지만 이젠 꼬이고 꼬이는 여행에 익숙해져서 별로 당황스럽지도 않다니까요. 여행 경비도 떨어졌고 해서 이번 기회에 아르바이트나 하려구요. 일본 물가가 어찌나 비싼지……."

만화나 영화에서 등장하는 닌자는 검은 옷을 입고 등장하지만 닌자들이 항상 검은 옷만 입고 다니는 건 아니었다. 조명이 발달하지 않은 전국 시대의 밤은 검은 옷을 입어야 적의 눈에 띄지 않았기 때문에 검은 옷을 자주 입은 것이고, 검은 옷 말고 민간인의 복장이나 무사 복장을 입고 임무를 완수하기도 했다. 그리고 여자 닌자들은 적장에게 미인계를 써서 정보를 훔쳐 왔다.

노빈손은 자신의 입장을 구구절절 상세히 설명했지만 히데요시는 오히려 설명을 듣기 전보다 더 놀란 표정이 되었다.

"대한민국? 아르바이트? 대체 이 아이가 지금 무슨 소리를 하는 건가?"

"살짝 제정신이 아닌 것 같지만 심성은 착한 아이입니다."

잣 또이치가 노빈손을 두둔하고 나섰다.

'아니 어떻게 대한민국을 모를 수가 있담. 일본과 대한민국이 얼마나 가까운데……. 그리고 한국이랑 일본은 역사적으로도…….'

노빈손은 설명하려다 입을 다물었다. 노빈손이 아무리 설명을 한다 해도 과거의 시간을 살아가는 사람들에게는 이해

하기 힘든 일일 것이리라. 그래 봐야 더 심하게 정신 나간 아이밖에 되지 않을 테니까. 하긴 누가 믿을 수 있으리오, 세계 여행 중에 이렇게 과거로 오게 된 빈손의 파란만장한 사연을.

"어쨌거나 문제 일으키지 않게 자네가 잘 데리고 있게. 그나저나 마을 사람들이 하는 얘기 들었는가? 아이들이 사라지고 있다고 하네. 마을 사람들은 우무베의 짓이라 여기고 있지."

"우무베가 뭐예요?"

노빈손이 궁금증을 참지 못하고 끼어들었다.

"무식한 녀석, 어린아이들을 잡아간다는 요괴 아니냐."

잣 또이치가 노빈손의 머리를 쥐어박았다.

"아얏, 우무베라는 요괴가 아이들을 데려갔다구요? 그런 바보 같은 소리가 어딨어요. 우주 여행을 하느냐 마느냐 하는 21세기에 요괴를 믿다니……. 말도 안 돼죠."

"21세기? 그것도 요괴 이름이냐?"

잣 또이치와 히데요시는 또다시 황당한 얼굴이 되었다.

'앗차차차, 여긴 옛날 일본이지.'

"하하하핫, 그러니까 제 말은 세상에 요괴가 어디 있냐는 거죠."

노빈손은 얼렁뚱땅 둘러댔다.

"세상엔 늘 설명할 수 있는 얘기들만 있는 건 아니란다. 그렇게 되면 미래에서 왔다는 네 얘기도 믿을 수 없는 얘기가

세계 각국의 신화는 서로 많이 닮아 있다. 일본의 건국 신화도 다른 신화들과 크게 다르지 않다. 태양신의 손자가 지상으로 내려와 낳은 자손들이 일본 천황의 뿌리가 되었다고 한다. 지상으로 내려올 때 세 가지 물건을 가져왔다고 전해진다. 야타의 거울, 야사카니의 곡옥(옥구슬), 쿠사나기의 검. 이것을 삼신기라고 하는데 지금도 황실에 보존되어 천왕의 정통성을 상징하고 있다. 삼신기가 진짜냐고? 믿거나 말거나.

되지. 안 그러냐?"

히데요시가 말했다.

"쩝, 그건……."

히데요시의 말이 맞다. 세상에 논리로 설명되는 일들만 있던가. 게다가 세계 여행을 하면서 설명할 수 없는 요상한 일들을 겪을 만큼 겪은 노빈손은 그의 말에 누구보다도 깊게 공감이 되었다.

"그건 그렇고. 잣 또이치, 자넨 앞을 볼 수 없기는 하지만 눈으로 볼 수 없는 것을 보는 능력을 가졌네. 동물적인 직감과 남다른 예지력……. 자네라면 사라진 아이들을 찾아낼 수 있을 걸세. 할 수 있겠는가?"

"이렇게까지 절 믿어 주시다니…… 눈물이 앞을 가립니다. 맡겨만 주십쇼. 히데요시님 기대에 보답하기 위해 이 늙은이가 꼭 찾아내겠습니다."

"부탁하네."

히데요시와 잣 또이치는 노빈손이 알 수 없는 단단한 신뢰의 끈으로 연결되어 있는 것 같았다.

히데요시의 지령을 받은 잣 또이치는 어깨에 잔뜩 힘을 주었다. 누군가 자신을 믿어 주는 사람이 있을 때 생기는 자신감과 든든함이 그녀를 더욱 힘 있게 해주고 있었다.

모든 만물은 신이 될 소질이 있다?

백제로부터 불교가 전래되기까지 신도는 일본에서 유일한 종교였다. 산에는 산신이, 바위에는 바위신이, 부엌에는 부엌신이, 돌멩이에도 신이 있다고 믿었다. 모든 만물에는 신이 깃들어 있다는 것이 신도의 기본 사상. 불교는 사원, 기독교는 교회, 신도는 신궁 또는 신사라고 한다. 신사에서 모시는 신의 종류만도 2천 가지가 넘고 큰 업적이 있는 사람을 신으로 모시기도 한다.

오겡끼데 스가?
오뎅이 다 됐수꽈~

일본어로 '잘 지내고 계시죠?' 라는 뜻

모시모시,
여기는 일본이무니다!

내가 장님으로 살면서 요즘처럼 눈을 뜨고 싶었던 때가 없었어. 노빈손이 대한민국 표준미남이라고 외치고 다니는데, 믿을 수가 있어야지 말이야. 정말 그렇게 잘생겼어? 안 보이니 알 수가 있나. 하긴 잘생겼는지 어떤지는 몰라도 그 심성만은 요즘 애들 같지 않더라구. 쫓아다니면서 천장에서 자면 위험하다는 둥, 침대는 과학이라는 둥 잔소리를 해댈 때면 좀 귀찮지만. 왜 모르겠어, 이 앞 못 보는 늙은이가 걱정돼서 하는 얘기라는 걸 말이야. 그래서 특별히 일본 관광을 시켜 주기로 했지. 눈 감고도 훤한 일본 구경, 어때 같이 가 볼래?

세계에서 9번째로 인구가 많은 나라

일본은 유라시아 대륙의 동쪽 끝에 활처럼 늘어진 섬나라야. 규슈, 시코쿠, 혼슈, 홋카이도로 구성된 4개의 큰 섬과 크고 작은 1,000여 개의 섬으로 이루어져 있어. 섬이라고 우습게 보면 안 돼. 총 면적을 합하면 한반도의 1.5배, 중국의 1/25 정도나 되니까 말이야.
섬나라인 덕에 일본은 외부로부터 침략을 거의 받지 않았

어. 그래서 일본은 자신들의 문화를 잘 보존하는 동시에 대한민국이나 중국의 문화를 받아들여 나름의 독특한 일본 문화를 일굴 수 있었던 거야.

일본의 영토는 좌우가 좁고 남북으로 긴데다 지형이 복잡해서 지역별 기후 차이가 심한 편이지만 대체로 4계절이 분명한 해양 온대성 기후를 나타내고 있어. 인구는 1억 2,805만 6,000명(2010년)으로 세계에서 10번째로 인구가 많은 나라이고, GDP(국내총생산) 기준 세계 3위의 경제 대국이야.

영어로 일본을 재팬(Japan)이라고 하는데 이것은 나무 그

릇의 일종인 칠기를 뜻해. 일본 사람들이 옻칠을 한 나무 그릇을 식기로 사용하는 것을 본 서양 사람들이 18세기경부터 그렇게 부른 거야. 그런데 칠기를 일본에 가르쳐 준 사람이 신라라는 걸 알고 있는 사람은 몇이나 될는지…….

앉으나 서나 지진 생각, 오늘도 무사히…

일본은 화산과 지진의 나라이기도 해. 일본에 지진이 발생했다는 소식을 텔레비전에서 가끔 들어 봤지? 일본은 지구상에서 지층이 가장 불안정한 지역에 속해 있어서 지진과 화산 활동이 활발해. 환태평양 화산대에 속하는 일본 열도 전체가 화산과 온천으로 이루어져 있어서, 항상 폭발 위험을 안고 살고 있는 셈이야. 일본 바로 옆에 있는 대한민국이 얼마나 복 받은 땅인지 설명 안 해도 알겠지? 부럽다, 부러워. 난 천장에서 잠을 자면서도 불안할 때가 많다니까. 거대한 지진이 몰고 오는 엄청난 파괴력을 경험한 일본인들은 작은 미진에도 우황청심환을 먹을 정도야.

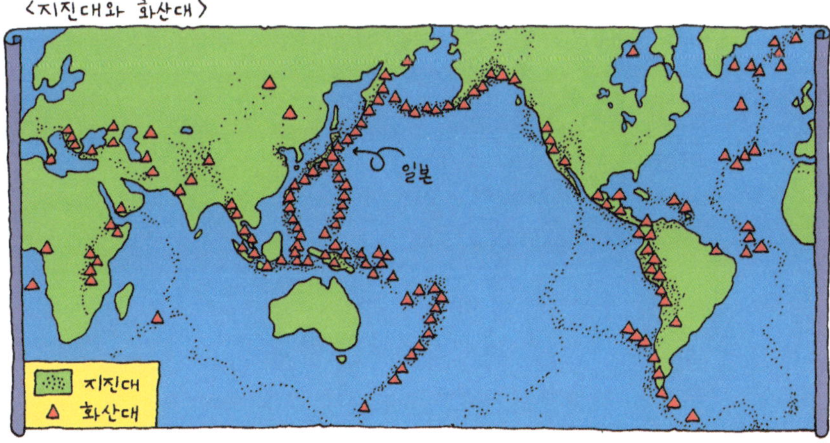

지진이나 화산은 아무 데서나 발생하지 않아. 지진이 자주 발생하는 곳을 지도에 표시해 보면 띠 모양으로 나타나는데 이것을 지진대라고 하고, 화산이 자주 발생하는 곳을 표시해 연결한 것을 화산대라고 해. 이런 곳들은 지각 운동이 활발한 곳이야. 일본에 화산대와 지진대가 거의 일치하게 나타난 거 보이지? 일본이 지진이 많을 수밖에 없는 이유, 이제 알겠지?

유행의 선두주자, 알고 보면 저축왕!

일본은 최첨단 유행이 시작되는 나라야. 파격적인 스타일, 화장을 한 남자, 10센티 통굽을 신은 여자, 만화 주인공처럼 입고 다니는 청소년들. 대한민국에서는 찾아보기 힘든 모습이지. 하지만 이게 다가 아니야. 알고 보면 소박하고 절약하며 저축하는 게 몸에 밴 알뜰한 사람들이지. 실속파가 바로 일본 사람이라니까.

일본어가 공용어여서 관광지를 제외하면 거의 영어가 통하지 않아. 일본에 가기 전에 몇 가지 일본 문장을 외워 두면 유용하게 쓸 수 있을 거야. 몇 가지 표현들을 알려줄게.

잣 또이치와 함께 배우는 생생 일본어

▶ 아침인사 おはよう。 **(오하요~)**

▶ 점심인사 こんにちは。 **(콘니치와~)**

▶ 저녁인사 こんばんは。 **(콘방와~)**

▶ 잘 때 인사 おやすみなさい。 **(오야스미나사이)**

▶ 고맙습니다 ありがとうございます。**(아리가또~고자이마스)**

▶ 실례합니다 すみません。**(스미마셍)**

▶ 죄송합니다 ごめんなさい。**(고멘나사이)**

▶ 괜찮습니다 だいじょうぶです。**(다이죠부데스)**

▶ 화장실은 어디입니까?
  トイレはどこにありますか。**(토이레와도꼬니아리마스까)**

▶ 얼마입니까? いくらですか。**(이쿠라데스까)**

▶ 새해 복 많이 받으세요 しんねんあけましておめでとう。**(신넨아케마시떼오메데또~)**

▶ 어묵 おでん **오뎅**

▶ 튀김 てんぷら **덴뿌라**

1

우무베 소탕 작전

"드디어 우리에게 임무가 주어졌군요."

비장한 노빈손의 목소리에 잣 또이치가 물었다.

"우리? 우리라니? 우리가 아니라 이 잣 또이치님한테겠지."

"무슨 그런 섭섭한 말씀을. 아르바이트로 고용되긴 했지만 일용직 닌자도 닌자인 법. 죄 없는 순진무구한 어린아이들을 잡아가다니, 이 정의의 노빈손님께서 가만히 있을 순 없죠. 게다가 그 우무베인지 우묵가사리인지 뭔가 수상한 냄새가 난다구요. 제가 알고 보면 예민한 사람이거든요."

노빈손은 코까지 벌렁거리며 수상한 냄새를 맡는 포즈를 취했다.

"그렇게 예민한 애가 냄새 나는 타비(일본식 버선)를 일주일이나 신고 다니냐? 아무튼 따라 나서 준다니까 고맙긴 하다만 네가 무슨 도움이 될까 싶다. 괜히 이 잣 또이치 가는 길에 방해만 되는 건 아닌지……."

잣 또이치는 노빈손이 따라 나선다는 게 그다지 탐탁지 않았다.

"방해가 될지, 도움이 될지는 두고 보면 알겠죠. 그나저나 그 우무베를 어떻게 잡죠?"

"내게 좋은 생각이 있다. 한밤중에 갓난아이를 산에 데려

일본식 버선, 타비
기모노를 착용할 때 신는 굽이 높은 나막신은 게다. 그리고 우리나라의 버선처럼 게다를 신을 때 신는 양말은 타비이다. 타비는 게다를 신기 편하도록 엄지와 다른 발가락 사이가 갈라져 있다.

다 놓고 기다렸다가 우무베가 나타나면 확- 잡는 거지."

"어느 엄마가 자기 갓난아이를 내놓겠어요?"

"내게 다 계획이 있단다."

맹인 닌자 잣 또이치는 노빈손의 몸에 갓난아이 포대기를 친친 감았다.

"닌자 할머니 계획이 이거였어요?"

"그럼 어쩌겠냐. 우무베를 유인하려면 미끼가 필요한데. 이렇게 포대기로 감싸 놓으면 우무베가 착각하고 나타날지 또 누가 아냐?"

노빈손은 우무베를 유인하기 위해 잣 또이치가 자신을 갓난아이로 위장시켜 산에 버리려 한다는 사실에 어안이 벙벙했다.

"제가 평소에 동안이라는 소리를 듣긴 하지만 갓난아이로 보일 정도는 아니걸랑요."

"낸들 이러고 싶어 이러겠냐. 이제 곧 날이 어두워질게다. 우무베가 나타나는 것 같거든 '응애 응애' 하고 아기 울음소리를 크게 내야 한다. 알겠지? 난 나무 뒤에 숨어서 우무베가 보이면 사로잡을 테니까."

"그러다 진짜 우무베가 잡아가면 어떻게 해요. 아이고, 미남박명이라더니…… . 신이시여, 올 것이 온 것입니까?"

"미남은 무슨. 장님을 속이지, 이 잣 또이치는 못 속여. 내

노력하는 자만이
눈동자를 그릴 수 있다
9년 동안 돌 위에서 좌선하느라 발이 퇴화한 달마의 모습을 표현한 다루마는 손과 발이 없는 인형이다. 얼굴을 제외하고 빨갛게 칠해져 있으며 밑은 무겁고, 오뚝이처럼 쓰러져도 본래대로 일어난다. 다루마에는 눈동자가 없다. 소원을 빌면서 한쪽 눈을 그려 넣고, 그 소원이 이루어지면 나머지 한쪽에 눈을 그려 넣어 축하한다. 노력하는 자만이 나머지 한쪽 눈동자를 그려 넣을 수 있다는군!

가 장님이긴 해도 웬만큼 손으로 더듬어 보면 생김새가 머릿속에 그려지는데 말야, 아무리 만져 봐도 넌 암담해지기만 하니……. 잔소리 말고 아기 울음소리나 내고 있어."

맹인 닌자 잣 또이치는 노빈손을 버려두고 조금 떨어진 수풀에 나름대로 날렵한 동작으로 몸을 숨겼다. 빈손은 잣 또이치가 시켜서 얼떨결에 아기 울음소리를 내고는 있지만, 한편으론 지금 무슨 짓을 하고 있는 건가 한심하기 짝이 없었다.

"고대 로마에서 빠져 나온 지 얼마나 됐다고 또 이런 봉변을 당한담?"

노빈손은 꼬일 대로 꼬인 세계 여행길이 앞으로 어떻게 펼쳐질지 심히 걱정스러웠다.

노빈손이 걱정을 하건 말건 숲 속의 밤은 깊어만 갔다.

부스럭 부스럭.

바짝 구운 돌김 같은 밤이 깊어지자 숲 속 여기저기서 들려오는 작은 소리에도 덜컥 가슴이 내려앉고 등줄기가 서늘해졌다.

"으앙, 우무베고 뭐고 집에 갈래요. 내가 알고 보면 얼마나 여린 앤데……. 너무 무섭다구요. 이렇게 밤이 무서운지 예전엔 미처 알지 못했다구요."

"쉿, 그렇게 소리치다간 밤을 새도 우무베가 안 나타나겠다. 그만 좀 징징거려, 이 녀석아."

풀숲 어딘가에 숨어 있는 잣 또이치가 목소리를 최대한 낮

추며 노빈손을 진정시켰다.

"사라진 애들을 생각해, 애들을."

잣 또이치의 짧고 낮은 외침에 노빈손은 울음을 자제하며
마음을 가라앉혔다.

"저 녀석, 정말로 마음이 여린 건가?"

노빈손은 몇 번이고 작게 중얼거리며 스스로를 다독였다.

"그래, 애들을 생각하자, 애들을. 난 할 수 있다. 아이 캔
두 잇."

그래, 겁먹을 필요가 무엇이 있겠는가. 설사 우무베가 나
타난다 해도 잣 또이치 할머니가 구해 줄 텐데……. 가만, 닌
자 할머니는 앞을 못 보는데……. 거기에까지 생각이 미치자

다잡았던 마음이 다시 흔들렸다. 잣 또이치가 조금만 늦어도 우무베에게 잡혀갈 거라는 두려움이 엄습했다.

얼마 전까지만 해도 요괴 따위는 없다고 큰소리를 친 빈손이었지만 사방에 어둠이 내려앉자 심장소리가 귀에 들릴 만큼 커졌다. 두려움은 사람을 가장 어리석게 만드는 것일지 몰랐다. 이렇게 아무 생각도 할 수 없고 도망치고만 싶으니 말이다.

'아이들을 생각하자. 아이들을 생각하자.'

노빈손은 덜덜 떨며 인기가요 1위부터 50위까지 소리 죽여 부르기 시작했다. 50곡을 다 불러가고 있는데도 우무베는 나타나지 않았고 지친 빈손의 노랫소리는 점점 더 느려졌다. 슬슬 잠이 몰려오기 시작했다.

노빈손은 가요에서부터 동요, 심지어 알고 있는 몇 안 되는 팝송까지 비몽사몽 간에 중얼거리며 잠을 쫓았지만 이제 거의 인사불성이었다. 미남은 잠꾸러기라며 일찍 잠들던 습관이 남아 있어서일까.

졸립기는 잣 또이치도 마찬가지였다. 쏟아지는 잠을 쫓으려 체조도 해보고, 양도 세어 보고, 머리카락도 뽑아 봤지만 달려드는 잠을 뿌리치기엔 역부족이었다. 잠시 후 맹인 닌자 잣 또이치도 고개를 꾸벅거리며 졸기 시작했다.

두 사람 다 잠에 취해 정신을 못 차리고 있을 때, 어디선가 희뿌연 안개가 자욱하게 피어올랐다. 산짐승들도 불길한 넘

새를 맡았는지 쥐죽은 듯 조용해졌다. 지독히도, 지독히도
불길한 밤이었다.

쓰으윽 쓰으윽—.

무슨 소리가 들렸다. 긴 옷자락을 끄는 듯한 소리인 것 같
기도 하고, 뭔가를 웅얼거리는 소리인 것 같기도 했다. 어둠
속에서 살짝 드러난 그 무언가는 여기저기 피칠을 한 옷을
입은 것 같기도 하고, 머리를 산발하고 있는 것 같기도 했다.
그 무언가는 노빈손에게 한걸음 한걸음씩 서서히 다가갔다.

노빈손은 누군가 자신을 보고 있다는 것을 전혀 알지 못한
채 코까지 골아 가며 자고 있었다.

쓰윽—.

검은 그림자가 노빈손을 향해 손을 뻗었다.

"아아함~."

잣 또이치가 늘어져라 기지개를 켜며 잠에서 깨어난 곳은
나무 위였다. 어제 저녁 잠이 오자 본능적으로 나무 위로 기
어올라온 것이 생각났다.

"아유, 침대는 과학이라더니……. 역시 닌자에겐 천장처
럼 높은 곳이 편하다니까."

하나 둘— 하나 둘—.

잣 또이치는 꼬부랑 할머니라는 것이 믿어지지 않을 만큼
유연한 자세로 스트레칭을 하며 몸을 풀었다.

집의 동서남북 중에 동
북쪽은 온종일 햇볕이
잘 들지 않아서 어둡고
습하다. 일본 사람들은
이 방향으로 귀신이 드
나든다고 생각했다. 그
래서 옛날부터 '동북쪽
에 변소와 현관을 만들
면 불길하다' 고 믿는 미
신이 있다. 뭐, 화장실
이 동북쪽이라고? 까아
악~.

"역시 숲 속의 아침 공기는 신선하네. 근데 내가 왜 숲에 와 있지? 헉, 맞다. 우무베!"

잣 또이치는 퍼뜩 노빈손이 떠올라 우뚝 멈춰 섰다.

"아이고 내 정신 좀 봐. 빈손아, 빈손아, 거기 있냐? 아직 안 일어났냐?"

대답 대신 부지런한 새들의 지저귐만이 들려 왔다.

"예민하다는 녀석이 늦잠은……. 잠깐! 설마, 혹시 우무베에게?"

허겁지겁 잣 또이치는 노빈손이 있었던 곳을 손으로 더듬어 찾아갔다.

돌부리에 걸리고 나뭇가지에 손이 긁히는 아픔도 잊은 채 노빈손이 있던 곳을 더듬던 잣 또이치는 털썩 주저앉았다. 없었다! 분명 이 자리에 있어야 하는 노빈손이 없었다.

주변을 더듬다가 빈손을 말아 두었던 강보가 손에 잡혔다.

"이럴 수가, 빈손이를… 이럴 수가. 빈손이를 어린애로 착각하고 데려간 거야, 그런 거야?"

히데요시의 유언

히데요시의 집으로 돌아가는 맹인 닌자 잣 또이치의 발걸음은 매우 무거웠다. 자신이 잠에만 빠지지 않았어도, 빈손이

캇파는 일본의 대표적인 요괴이면서 물의 신이다. 머리에 물이 든 작은 접시를 얹고 있는 캇파는 장난기가 심해서 사람들을 곤경에 처하게 하고 즐거워하는 게 일이라고 한다. 캇파를 물리치는 방법이 하나 있는데, 그것은 접시에 든 물을 쏟아 캇파를 죽이는 것이다. 사람의 행동을 따라하는 걸 좋아하니까 고개 숙여 인사를 하면 캇파도 따라하겠지? 그럼 캇파의 접시의 물은? 어때 간단하지?

를 우무베를 잡기 위한 미끼로 쓰지만 않았어도 그렇게 사라지지는 않았을 텐데……. 빈손이도 걱정이지만 히데요시님에게 이 사실을 어떻게 알려야 할지 그야말로 눈앞이 캄캄하기만 했다.

잣 또이치는 집을 나설 때와는 다르게 어깨가 축 처진 채 들어섰다.

"어쩌다 마을에 한번 나갈 때마다 피곤해 죽겠다니까. 어찌나 다들 나를 좋아하는지……. 피곤할 지경이야. 호호호."

호들갑스런 여종 아끼꼬의 웃음소리가 담장을 넘어 왔다.

"나랑 비슷하구나. 나도 여자친구 말숙이가 있긴 하지만 세계 어디를 가든 날 좋아하는 여자들이 꼭 있었다니까. 내 외모가 웬만큼 글로벌스러워야지."

아니 저 목소리는—.

잣 또이치는 목소리가 나는 곳으로 뛰어 들어갔다.

"닌자 할머니, 빨리 오세요. 아끼꼬가 주먹밥을 만들었는데 그만이에요. 빨리 아침 드세요."

"너… 너 어떻게 된 게냐?"

"어떻게 되긴요. 아침에 일어났는데 배고파서 참을 수가 있어야죠. 할머니는 아무리 찾아봐도 없고. 그래서 먼저 와서 아침 먹고 있었는데요?"

노빈손의 입에 잔뜩 들어 있던 밥알들이 튀어나와 잣 또이치의 얼굴에 들러붙었다.

주먹밥은
주먹 모양으로 만들자
여러 가지 양념을 넣어 만든 밥을 손으로 뭉쳐 주먹 모양으로 만든 밥, 주먹밥. 정확한 기원은 없지만 아주 오래 전부터 먼 길을 가거나 전쟁터 등 밥을 지어 먹을 여건이 되지 않을 때 시장기를 면할 수 있도록 주먹 크기 정도로 밥을 뭉쳐서 가지고 다닌 데서 유래하였을 것으로 추정한다. 정성스럽게 뭉친 주먹밥을 기다란 옥수수 잎으로 감싼 일본 복고풍 도시락, 군침 넘어가지 않아?

천연덕스러운 빈손의 말에 황당해진 잣 또이치는 그동안 마음 졸인 게 억울해서 버럭 소리를 질렀다.

"밥이 목구멍으로 넘어가냐, 넘어가! 네가 없어진 줄 알았잖아."

"앗, 할머니 혹시 제 걱정 하셨어요?"

"걱정은, 누가 걱정을 했다고 이래?"

"큰일났습니다, 히데요시님께서… 히데요시님께서……."

노빈손과 잣 또이치가 티격태격하는 말소리를 뚫고 누군가의 외침이 들렸다.

뭔가 불길한 예감이 든 잣 또이치는 소리가 나는 곳을 향해 뛰었다. 히데요시의 집안이라면 눈 감고도 뛰어다닐 수 있을 정도로 익숙한 잣 또이치였다. 아끼꼬와 노빈손도 누가 먼저랄 것 없이 잣 또이치의 뒤를 따라 달려갔다.

그곳엔 히데요시가 어깨에 비수를 맞고 피 흘리며 쓰러져 있었다.

"히데요시님!"

잣 또이치가 달려들어 히데요시를 일으켰다.

"누가 이런 짓을……."

피를 많이 흘린 히데요시의 얼굴은 백지장처럼 하얗게 질려 있었고 몸은 물을 벗어난 물고기처럼 축 늘어져 있었다.

"앰뷸런스, 아니 긴급구조 119를 불러야죠. 전화 없어요, 전화?"

다급해진 노빈손이 소리치자 아끼꼬가 벌떡 일어났다.

"제가 마을에 가서 의사를 모시고 올게요."

아끼꼬는 금방이라도 눈물을 쏟아낼 것처럼 겁에 질린 얼굴이었다. 그녀가 의사를 부르기 위해 뛰어가려고 막 몸을 돌리는데 뒤에서 뭔가가 기모노를 잡아당겼다. 돌아보니 창백한 히데요시의 손이었다.

"됐다. 난 괜찮아. 방으로 옮겨 다오. 좀 쉬고 싶구나."

"그렇지만……"

"난 이제 가망 없어. 내 몸은 내가 잘 알아. 그러니 소란 피우지 말거라. 어서 방으로 옮겨 다오."

금방이라도 땅으로 꺼질 것 같은 그를 모두가 조심스럽게 방으로 옮겨 눕혔다.

"도대체 누굽니까? 누가 히데요시님에게 이런 짓을……"

"그들이 움직이기 시작했네."

히데요시가 파리해진 입술로 말했다.

순간 잣 또이치의 표정이 굳었다.

"그들이라면……"

"그래, 분명 그들이었어. 나는 걱정하지들 말거라. 오래 사는 것도 죽을 맛이야. 너무 오래 살았지, 이제 갈 때도 됐어. 이 한 목숨 떠나는 거야 무에 그리 억울할까마는 아직 할 일이 남았는데……"

히데요시는 뭔가 중요한 것을 두고 먼 여행을 떠나는 사람처럼 안타까워하고 있었다.

"아직도 할 일이 많은데……"

꺼져 가는 촛불처럼 파르르 떨리는 히데요시의 눈꺼풀 밑으로 가느다란 눈물이 흘러내렸다.

그는 머리맡에 앉아 있는 잣 또이치와 노빈손을 바라보며 말했다.

"잣 또이치 자네에게 부탁이 있어. 지금부터 내가 하는 얘기를 누구도 모르게 해줬으면 해. 그리고 저 옆에 있는 아르바이트생, 노빈손이라고 했나? 잣 또이치가 눈에 보이지 않는 것을 볼 수 있긴 하지만, 눈에 보이는 것 또한 무시할 수 없는 법. 자네가 잣 또이치의 눈이 되어 주게. 미야자키 하야

네의 마지막 핏줄을 찾아 그를 도와주게. 자네들이라면 할 수 있을 거야."

히데요시가 노빈손의 손을 꼭 쥐었다. 노빈손은 자신도 모르게 가슴이 찡해져, 그러겠노라고, 반드시 그러겠노라고 약속했다. 두 사람의 약속을 받자 히데요시는 길고 긴 이야기의 물꼬를 텄다.

오랫동안 숨겨 왔던 진실

십여 년 전, 당시 일본은 각기 다른 일족들의 난립으로 걸핏하면 일족들끼리 싸워대는 바람에 하루도 조용할 날이 없었다. 그 와중에 미야자키 일족은 비옥한 영토와 충성스런 가신들의 도움으로 눈에 띄게 성장을 거듭해 나가고 있었다.

그러던 어느 날, 미야자키 가문의 재력을 노리던 도요토미 덴뿌라는 사무라이들을 동원, 미야자키 일가를 몰살시키고 토지를 몰수하기에 이른다. 그 어지러운 혼란 속에서 충신들은 자신을 던져 가며 미야자키의 막내아들, 당시 갓난아이였던 사내아이를 간신히 빼돌리게 된다.

아이를 품에 안게 된 히데요시는 죽을힘을 다해 피비린내 나는 살육 현장을 벗어나 달리고 또 달렸다. 그리고, 혹시나 도요토미가 아이가 살아 있다는 걸 알게 될까 봐 평생을 세

지금은 막부 시대
지금 노빈손이 와 있는 일본은 중세의 막부 시대, 1192~1868년이다. 이 시기는 2중 정부의 구조로, 가마쿠라 막부가 열리면서 천황의 권력은 막부로 이동하게 된다. 마부는 군사조직의 일종으로 그 우두머리를 '쇼군'이라 일컬었는데 형식적으로는 천황으로부터 임명을 받았지만 실질적으로 직접 정치를 행하는 실세였다. 일본의 천황은 허수아비 왕이었던 것. 막부 체제는 가마쿠라 막부-무로마치 막부-에도 막부 때까지 쭉 이어진다.

상과 담을 쌓고 살았다.

그런데 최근 미야자키 가문에 생존자가 있다는 것을 눈치 챈 도요토미 가문의 사람들이 우무베를 가장해 아이들을 무차별적으로 잡아들이고 있다는 이야기였다.

자신들의 부를 축적하기 위해 다른 가문을 몰살시킨 것도 모자라 이제 살아남은 그 아이마저 잡아들이려고 죄 없는 어린아이들을 납치하다니……. 노빈손의 가슴에 뜨거운 피가 솟구치며 뒷목이 뻐근하도록 혈압이 올랐다.

노빈손은 자신도 모르게 주먹을 불끈 쥐었다.

"아오, 우무베는 대체 뭐하는지 몰라. 그런 놈들 안 잡아가고."

히데요시는 자기 일처럼 분노하고 있는 노빈손을 향해 희미한 미소를 지어 보였다.

"그래도 자네들이 있으니까, 마음이 든든하네. 내 가는 길에 마지막으로 부탁이 있네. 도요토미 일족보다 먼저 그 아이를 만나서 미야자키 가문을 다시 일으켜 주게. 그러기 위해서는 우선 아이에게 힘을 실어 줄 다섯 인재를 모아야 하네. 그들을 먼저 찾게."

노빈손이 다급하게 히데요시에게 물었다.

"어디서 찾으면 되는데요?"

"그걸 알면 내가 찾았지, 이 녀석아. 다섯 사람에 관한 단서는 다실 안쪽에 적어 두었네. 마지막 유언이니 거절하진 않겠지, 잣 또이치.”

“히데요시님…….”

잣 또이치의 깊게 패인 주름을 따라 눈물이 흘러내렸다.

“부탁하네. 자네 둘의 어깨에 미야자키 가문의 앞날이 걸려 있네. 그리고 노빈손이라고 했나? 저 청년이 많은 도움이 될 거야. 저 눈을 보라고, 저건 보통 눈이 아니라고. 헉헉… 이제… 헉, 정말 가야 할 것 같네. 두 사람 덕분에 마음의 짐을 덜고 가네. 부디 뒷일을 부탁하네. 헉.”

끊어질 듯 이어지던 히데요시의 밭은 숨소리가 갑자기 멈추더니 그의 사지가 축 늘어졌다.

“히데요시님, 히데요시님!”

“히데요시 할아버지!”

사람들이 너나 할 것 없이 슬픈 목소리로 히데요시의 이름을 애절하게 불렀다.

“피를 너무 많이 흘리고, 부상이 워낙 커서… 경과는 더 지켜봐야 하겠지만, 마음의 준비를 하십시오.”

그를 진맥하던 의원이 어두운 표정으로 말했다.

밀려오는 슬픔에 어깨를 들썩이던 잣 또이치가 기어이 눈물을 훔쳐냈다.

“히데요시님을 이렇게 만들다니, 놈들을 가만두지 않겠어!”

잣 또이치는 관절염으로 마디가 굵어진 손으로 주먹을 쥐어 보였다.

다다미 방의 비밀

"히데요시님의 은혜를 갚기 위해선 무슨 일이든 할 거다. 히데요시님은 평생 나를 가족처럼 여기며 믿어 주셨지. 그 신뢰는 히데요시님과 내가 평생 동안 쌓아온 믿음과 같은 거야. 그런데 이해가 안 가는 건 말이다, 어떻게 빈손이 너를 그렇게 대번에 믿고 함께 일을 하라고 말씀하셨냐는 거야. 히데요시님도 알고 보면 무지하게 까다로우신 분인데 말이야."

잣 또이치는 정말 아무리 생각해도 답을 얻을 수가 없었다.

"그거야 당연하죠. 잣 또이치 할머니가 제 얼굴을 못 보셔서 그렇지, 제가 얼마나 믿음직스럽게 생겼다구요. 제 여자 친구 말숙이도 사실 제 외모에 반해 처음에 얼마나 쫓아다녔는지……. 후훗, 제가 누누이 얘기하잖아요. 대한민국 표준 미남 노빈손이라구요. 일본에서는 어필 못 할 줄 알았는데 저를 이렇게 알아봐 주시다니. 역시 한국적인 게 세계적인 거라니까요. 어디를 가나 보는 눈이 있는 사람들이 있게 마련이죠."

노빈손은 몇 개 남지도 않은 머리카락을 쓸어 올리며 거만하게 눈을 치켜떴다.

"내가 이렇게 눈 뜨고 싶은 순간이 평생에 없었다. 언젠가 꼭 확인해 보고 싶다, 진정으로."

잣 또이치는 앞이 안 보이는 사람이라고는 믿을 수 없을 만큼 빠른 걸음으로 마당을 가로질러 다실을 찾아갔다.

"여기가 히데요시님의 다실이다."

다실은 정원의 한 구석에 있는 소박한 건물이었다.

잣 또이치가 한쪽 벽면을 더듬어 나무로 된 문을 떼어 내자 몸을 잔뜩 굽혀야 들어갈 수 있는 작은 입구가 나왔다.

"여기가 입구예요? 잣 또이치 할머니, 열쇠 잃어버렸죠? 그래서 이런 개구멍으로 들어가는 거죠? 닌자가 이런 실수를 하시다니. 크크크."

"이 무식한 녀석아, 이게 니지리구치라는 거다. 다실에 들어갈 때는 누구나 속세의 신분을 버리고 평등한 관계에서 차를 마신다는 의미로 문을 이렇게 작게 만들어 놓은 거야."

"허 그래요? 차 한번 먹기 되게 힘들군요."

"네가 사는 곳에선 어땠는지 모르지만, 여기선 차를 마시는 걸 정신수양의 한 방법으로 여긴단다."

"그럼 잣 또이치 할머니도 가끔 여기서 차를 드세요?"

"이 녀석아, 닌자가 그렇게 한가한 직업인 줄 아냐?"

안으로 들어서자 아담하고 정갈한 공간이 나왔다. 불을 피울 수 있는 실내용 화로 이로리가 다실의 중간에 놓여 있고 바닥에는 다다미가 깔려 있었다. 왠지 마음까지 차분해지는 곳이었다.

그렇지만 히데요시가 다섯 인재에 대해 적어 놓았다는 책

자는 어디에서도 찾을 수가 없었다.

"잣 또이치 할머니, 여긴 아무것도 없는데요."

"그럴 리가… 이곳이라고 하셨는데……."

"히데요시 할아버지가 너무 아파서 다른 곳이랑 착각하신 거 아닐까요?"

노빈손은 좁은 방을 돋보기로 들여다보듯 세심하게 살피며 구석구석을 뒤적였다.

"여긴 먼지 하나 없다구요."

"잠깐!"

잣 또이치가 소리치며 노빈손을 불러 세웠다. 빈손은 움찔하며 방을 둘러보던 자세 그대로 정지했다.

"왜, 왜 그러세요?"

"발자국 소리가 좀 전과 달라졌다. 다실에 들어섰을 때의 발자국 소리랑 달라. 분명 뭔가 있다."

잣 또이치의 큼지막한 귀가 쫑긋거리며 소리를 감지해 내고 있었다.

"우와 정말 대단하세요."

"닌자 하려면 이 정도는 기본이다. 바닥을 들춰 봐라."

"엥? 바닥을요? 에이. 바닥에 있긴 뭐가 있다고 그러세요. 다실 바닥을 보려면 중장비라도 가져와서 파헤쳐야 하잖아요."

"이 녀석아, 다다미를 들어내면 될 것 아냐."

다다미 방은 한 평보다 조금 작은 크기의 다다미가 연결되어 있는 구조로 되어 있었다.

노빈손이 잣 또이치가 시키는 대로 한 칸을 들어내자 퍼즐 조각처럼 다다미가 떨어져 나왔다.

"하지만, 바닥에 아무것도 없어요. 그냥 흙바닥인걸요. 잠깐! 다다미 밑에 뭔가 있어요."

노빈손은 들어낸 다다미를 바닥이 보이도록 뒤집었다.

흙을 털어내자 양각으로 새겨진 글자가 나타났다. 그리고 그 옆에 있는 걸 들추자 그곳에도 글자가 새겨져 있었다. 그리하여 모두 다섯 개의 글자가 모습을 드러냈다.

"다섯 개의 한자예요. 그런데 무슨 글자인지는 잘……."

노빈손이 얼버무리자 잣 또이치가 버럭 소리를 질렀다.

"아니 대학생인가 소학생인가 하는 녀석이 한자도 못 읽어? 저리 비켜 봐라."

잣 또이치는 손바닥을 쫙 뻗어 글자 부분을 더듬었다. 손바닥에 날카로운 촉수가 달리기라도 한 것처럼 글자를 읽어 나갔다.

忠(충), 信(신), 仁(인), 智(지), 勇(용).

노빈손의 입이 쩌억 벌어졌다.

"할머니는 손바닥에 눈이 달렸나 봐요."

일본의 정원은 자연의 모습을 '인공적'으로 흉내 낸 인공미를 지니고 있다. 산을 대표하는 둔덕, 강을 대표하는 작은 물길, 나무와 꽃이 기본이다. 작은 공간에 최대한 축소시켜 정원을 만들어 놓았기 때문에 산도 사람 키 정도나 무릎 높이 정도이다. 그래서 전체적인 균형을 맞추기 위해 나무도 분재를 갖다 놓는다.

"내가 무슨 에일리언이냐, 손바닥에 눈이 달리게. 그러니까 이 다섯 글자가 미야자키 가문을 일으키기 위해 필요한 다섯 사람을 나타낸다는 말이로구나."

"이 다섯 글자들은 무슨 뜻인데요?"

대답 대신 크게 호통을 칠 것 같았지만 잣 또이치는 의외로 조곤조곤 노빈손을 위해 설명을 아끼지 않았다.

"그러니까 각 한자에 해당하는 사람을 찾으라는 얘길 거다.

仁(인), 인기 많은 사람. 백 년을 산 사람. 그리고 앞으로도 오백 년 넘게 영원히 살 사람.

忠(충), 충치 없는 깨끗한 이를 가진 사람. 네 계절이 함께 공존하는 곳에 사는 사람. 충심이 넘치는 사람.

信(신), 신용 불량자 친구가 없는 사람. 신토불이 농산물을 즐겨 먹는 사람, 존재하지 않는 것을 믿어 주는 사람.

智(지), 지킬 것은 지키는 사람. 지혜로워 어떤 상황에서도 대응할 수 있는 사람.

勇(용), 용가리도 두려워하지 않는 사람. 날쌔고 용감하여 두려움을 모르는 사람. 용의 머리를 쥔 사람.

뭐 대충 그런 뜻 아니겠냐? 언젠가 히데요시님께 들었던 것 같기도 하고……. 나이 들면 기억력이 아지랑이 같아진다니까. 자, 그럼 이제 이 사람들을 찾아 떠나 보자. 하루라도 빨리 이 사람들을 찾는 것이 아이들을 구하는 길일 테니까. 하지만……."

헤이안 시대에 도쿄에서는 이사 갈 때 방에 깐 다다미를 모두 거둬 이사했다고 한다. 그 뿐만이 아니다. 후스마라고 하는 미닫이 문까지 모두 떼어 이사 갔다고 하니 이삿짐이 어마어마하게 많았겠지?

잣 또이치는 갑자기 의기소침한 표정이 되었다.

"난 이 집 밖으로 나가 본 지 십 년이 넘었어. 그것도 천장에서 지낸 게 9년 하고도 11개월쯤 될 거다. 이 집 안에서야 어디든 눈 감고도 다닐 수 있지만, 대문 앞 정도라면 모를까 밖을 나서면 난 그야말로 앞 못 보는 장님에 불과하지. 에휴."

긴 한숨이 이어졌다. 항상 자신감에 넘치던 잣 또이치가 아이처럼 밖에 나가는 것을 두려워하고 있었다. 그런 잣 또이치를 보고 있자니 처음 일본에 도착했을 때가 생각났다.

세계 여행 중에 독도가 자기네 땅이라고 우긴다는 일본 애기를 듣고 노빈손은 가만히 있을 수가 없었다. 뗏목을 타고 멋지게 독도에 입도해 태극기를 휘날리며 본때를 보여 주리

라 결심한 것까지는 좋았는데……. 거센 풍랑을 만나 삼 일 동안 꼬박 멀미를 하게 될 줄이야. 그러다가 도착한 곳이 바로 중세 일본, 이곳이었다. 낯선 장소에서 이방인 취급하는 사람들 틈에 끼어 고생하고 있을 때 노빈손을 선뜻 도와준 것이 잣 또이치였다. 만약 잣 또이치의 도움으로 아르바이트 자리를 구하지 못했다면 지금쯤 어딘가에서 동냥을 하고 있었을지도 모를 일이다.

노빈손은 어려울 때에 도와준 사람이 위기에 처했는데 모른 척하고 있을 수만은 없었다. 그리고 무엇보다 우무베에게 잡혀갔다는 아이들의 초롱초롱한 눈망울이 떠올라 엉덩이가 들썩들썩할 지경이었다.

"할머니, 걱정 마세요. 제가 있잖아요. 히데요시 할아버지도 그러셨잖아요, 할머니의 눈이 되어 드리라고. 어떤 녀석들인지 몰라도 어린아이들을 유괴해서 자신들의 목적을 이루려 하다니……. 이 정의의 노빈손이 가만히 보고만 있겠어요? 걱정은 천장에 두고 오시라니까요. 이래뵈도 2.0, 2.0의 시력을 자랑한다구요."

"고맙다, 빈손아."

그리하여 노빈손과 잣 또이치는 사라진 아이들을 구하고 히데요시 가문을 일으킬 다섯 명의 인재를 찾아 먼 여행길에 오르게 되었다.

넌 맛으로 먹니?
난 눈으로 먹는다!

모시모시,
여기는 일본이무니다!

일식집에 가 본 적 있어? 맛도 맛이지만 어찌나 아기자기하고 예쁘던지. '일본 요리는 눈으로 먹는 요리' 라는 말이 팍팍 실감 나더라니까. 깔끔하게 다듬어진 재료에 형형색색 모양을 뽐내는 음식. 먹기 아까운 생각마저 들게 하는 일본 요리는 이제 전 세계인의 사랑을 받고 있어. 보기에만 좋은 게 아니라, 주재료의 충분한 맛을 살려 맛도 그만이야. 눈도 즐겁고, 혀도 즐거운 요리~ 아, 생각만 해도 군침이 돈다. 언젠가 일본 요리를 배워서 빈손이한테 해 주려고 하는데, 같이 배워 볼래?

맛있는 것일수록 날로 먹어야지

지리적 특성으로 인해 수렵과 어업을 주로 하던 일본은 일찍부터 생선요리가 발달했어. 주변의 바다뿐만 아니라 5대양을 누비며 여러 가지 물고기를 잡아들이는데, 세계 총 어획고의 1/6을 잡아들인다고 하니, 그 양이 엄청나지. 특히 생선을 날로 먹는 요리법은 당할 수 있는 나라가 없다니까. 생선을 칼로 자르는 기술이나 보기 좋게 꾸며 놓는 솜씨는 감탄할 만하지. 식탁에 나온 생선이 심지어 살아서 눈을 껌

뻑껌뻑거리고 있는 경우도 있어. 얼마나 정교하게 회를 떴으면……. 사무라이도 울고 갈 솜씨지 뭐야. 몸에 무서운 독이 있다는 복어도 세계 최초로 회를 떠서 날로 먹기 시작한 것이 일본이라고 하니, 오~ 과연 생선요리의 대국답지 않아?

일본을 대표하는 요리 총집합!

❶ 사시미 : 우리말로 생선회

신선한 재료를 산 채로 먹는 대표적인 생선요리 방법. 특별한 양념을 쓰는 것도 아니고 조리를 하는 것도 아니라서 생선회 맛은 오직 생선을 어떻게 자르느냐에 달렸어. 일본 전문 요리사라면 복어 회 전문 칼, 장어 뼈만 자르는 칼, 뱀장어 배만 가르는 칼 등등, 매우 다양한 생선 조리용 칼을 갖추고 있어. 일본 가정에도 3개의 칼은 기본적으로 갖춰져 있다고 해. 일본에서 회를 먹을 땐 우리나라처럼 상추, 고추, 마늘 등은 같이 먹지 않는다고 해. 오직 곁들여 나온 저민 생강 두어 점 집어먹고 간장과 와사비만 살짝 묻혀 먹어야 제대로 된 생선회의 맛을 즐길 수 있다는 거지.

❷ 스시 : 우리말로 생선초밥

생선초밥이라고 부르는 스시는 일본 사람이면 누구나 다 좋아해. 김초밥, 유부초밥도 있지만 역시 초밥의 으뜸은 스시! 회전 초밥집에서 나오는 종류만 봐도 스시의 종류는 정말 다양해. 싱싱한 복어, 성게 알, 연어 알이 올라간 스시나 '도로' 라고 하는, 참치의 가장 맛 좋은 부위로 만든 스시는 정말 오이시 오이시!(맛있어, 맛있어!)

스시

❸ 미소시루 : 우리말로 된장국

일본 된장은 지역이나 상표에 따라 여러 종류가 있는데 크게 적 된장과 백 된장으로 나눠. 미역, 두부, 대파를 넣고 계절에 따라 바지락과 버섯을 넣은 담백한 음식이야.

❹ 소바 : 우리말로 메밀국수

일본 사람들은 새해 전날 밤 밤참으로 '소바' 라고 하는 메밀국수를 먹어. 새해에도 건강하고 무병장수 하라는 기원이 담겨 있어. 가족들이 탁상 난로 주위에 둘러앉아 제야의 종소리를 들으며 먹는 메밀국수는 별미 중의 별미!

소바

일본의 대표적인 식단

❺ 쓰께모노 : 우리말로 절임요리

쓰게모노는 입안을 개운하게 해 오차(차)의 맛을 더욱 잘 느끼게 하는 데 필요한 것. 노란 무(다쿠앙)가 대표적이고, 계절에 따라 오이를 먹기도 해.

쓰께모노

❻ 가가미 모찌 : 우리말로 찹쌀떡

우리가 알고 있는 모찌는 안에 단팥이 들어 있고 겉에 하얀 가루가 묻혀 있는 찹쌀떡이지만 원래 모찌는 일본어로 떡을 통틀어 부르는 말이야. 가가미 모찌는 둥글둥글 우리나라 찐빵과 비슷한 모양으로, 우리말로 해석하면 '거울 떡'이라는 뜻인데 떡 모양이 둥글다고 해서 붙여진 이름이지.

▶ **인사는 반드시 먹기 전에** 항상 '잘 먹겠습니다'를 외친다.

▶ **공기밥 한 공기는 불길해** 공기밥은 수북하게 먹기보다 두세 차례 더 받아서 먹는다.

▶ **칭찬은 기본** 애써 요리를 해준 사람을 칭찬해 주는 건 초대받은 사람의 센스.

▶ **밥 따로 국 따로** 밥그릇에 국물을 부어 먹는 건 곤란해. 일본은 숟가락을 잘 안 쓰잖아.

▶ **너무 조용해도 불편하지** 밥 먹으면서 담소하는 건 즐거운 일. 단, 밥알이 튀어 나올 정도로 웃긴 얘기는 피할 것.

▶ **외식하다가 음식이 남았다면** 집으로 싸가지고 간다. 아껴야 잘살지.

▶ **여러 사람이 함께 외식하면 각자 계산은 기본** 빈대 붙으려고 했다간 진짜 빈대 취급 받으니까 주의할 것.

2

벤또 부인의 음모

"그래서 장님이랑 문어머리 녀석이랑 같이 길을 떠났다는 거냐?"

도요토미는 닌자들의 보고를 믿을 수 없었다. 미야자키 하야네의 숨은 핏줄을 찾아내는 일에 앞 못 보는 장님과 머리숱 없는 애송이 녀석을 보내다니……. 도대체 히데요시의 심중을 알다가도 모를 일이었다.

잠깐 의아해하던 도요토미의 얼굴에 음흉한 미소가 번졌다.

"크캬캬캬캬. 그 녀석들 포기한 게로군. 하긴 십 년도 지난 일인데 지들이 동사무소 직원도 아니고 어떻게 그 아일 찾겠어. 괜히 걱정했잖아. 크캬캬캬―."

십수 년 전 미야자키 하야네 일가를 몰살시키고 토지를 몰수하고부터 도요토미 덴뿌라의 앞날은 그야말로 탄탄대로였다. 물론 남의 부와 명예를 가로챈 일이 조금 찔리긴 했지만 그 정도의 가책은 미래를 위한 투자라고 생각하고 덮어둔 지 오래였다.

하지만, 얼마 전부터 들려오는 소문은 평온하기만 했던 도요토미의 일상을 엉망으로 만들어 놓았다. 백성들 사이에 자신들을 해방시켜 줄 누군가가 나타날 거라는 얘기가 도요토미의 귀에까지 들어온 것이다.

'혹시라도 공 들여 빼앗은 토지를 잃으면 어쩌나……. 아

우리나라에 온돌이 있다면 일본엔 다다미가 있다. 짚으로 만든 판에 왕골이나 부들로 만든 돗자리를 붙여 방바닥에 까는 재료를 다다미라고 하는데 방의 크기에 따라 조금씩 다르다. 일반적으로 180×90cm 되는 크기. 방의 크기를 다다미의 장수로 나타내는 경우도 있다.

냐 그럴 순 없지. 이건 내가 정당하게 빼앗은 토지야.'

앉으나 서나 불안한 마음에 변비까지 걸렸으니 그 동안의 마음고생이야 말해 무엇하랴. 그런데 히데요시가 그 아이를 찾는 걸 포기했다고 생각하니 기쁜 마음에 묵직한 아랫배가 순간적으로 가벼워진 듯한 느낌이 들 정도였다.

"잘못 짚었어요."

앙칼진 목소리가 가래 끓는 듯한 도요토미의 웃음소리를 잠재웠다. 도요토미의 부인, 벤또의 목소리였다.

"여~보, 여 여긴 어떻게……. 근무 중에는 회사에 오지 말라고 그랬잖아요."

도요토미는 갑작스런 벤또 부인의 등장에 말까지 더듬었다.

"일을 제대로 해야 나오든지 말든지 하지. 당신이 일을 제대로 하면 내가 이렇게 설치고 다니겠어? 이 무능한 인간아."

벤또 부인의 다그침에 도요토미의 얼굴은 금세 식어 버린 호박죽 빛깔로 변했다.

"알아. 여보야~ 릴렉스, 흥분하지 마. 흥분할 일이 아니야. 기뻐해 줘요. 당신이 시킨 대로 히데요시를 감시하고 있었는데 장님이랑 문어머리 닮은 녀석이랑 하야네의 혈육을 찾겠다고 길을 떠났대. 그렇게 모자란 인간 둘이서 어떻게 그 아이를 찾겠어요? 우리가 일급 닌자 애들을 좌악 풀었는데도 못 찾았는데. 히데요시가 자포자기한 게 틀림없다니까. 크탓탓탓."

"멍청하긴. 히데요시는 가슴에 능구렁이 사육장을 운영하는 사람인 걸 아직도 몰라요? 분명 그 두 사람은 고도로 훈련된 닌자들일 거예요. 일부러 덜떨어져 보이는 사람을 뽑아서 우리를 안심시켰다가 아이를 데리고 짠 하고 나타날걸요."

"어머, 그럼 어쩌지? 어쩌지, 여보야. 그럼 소문대로 우린 몰락하고 미야자키 가문이 다시 재건되는 거야? 그런 거야? 여보야— 어떡해, 어떡해~."

"내가 누구예요, 그럴 줄 알고 손을 써 놨어요."

"역시 자긴 대단해. 어쩜 그렇게 재택근무를 하면서도 나보다 더 일을 잘해?"

"이 인간아, 내가 잘하는 게 아니라 당신이 못하는 거지. 칼솜씨가 최고인 사무라이라고 하니까 그 두 사람이 아이를 찾아내기 전에 제거해 버리라고 하죠."

"제거? 그럼……?"

도요토미가 쳐다보자 벤또 부인은 단호히 고개를 끄덕였다.

"문제가 될 만한 건 처음부터 만들지 않는 게 좋아요."

"역시 여보야는 화끈하다니까."

"얘들아, 어서 들여보내라."

지상 최고의 경호원 사무라이

사무라이는 가까이에서 모신다는 뜻에서 나온 말이다. 본래 귀인을 가까이에서 모시며 이를 경호하는 사람을 말한다. 헤이안 시대 이후 무사계급이 발달하여, 경호를 위해 무사를 채용하게 되었고 점차 일반적인 무사를 가리키는 명칭이 되었다. 사무라이는 일본을 상징하는 문화 중 하나다.

바람의 검신, 찌르지마쇼

조금 지나자 사무라이를 데리러 간 나인이 혼자서 들어왔다.

"아니 왜 혼자만 들어오는 게냐?"

"밖에 아무도 없는데요?"

"킥킥킥—."

어디선가 생쥐 웃음소리가 들려 왔다.

"이게 무슨 소리야."

휘리리릭 타라라락 타아아악—.

뭔가가 공중 3회전을 하며 빙빙 돌아 바닥에 착지했다.

"벌써 대령하고 있었습니다."

"이토록 요란스럽게 등장하는 넌 누구냐?"

"이 칼들을 보고도 모르시겠습니까?"

수려한 외모를 자랑하는 남자는 문 옆에 있는 칼 더미를 가리켰다.

"칼 장수구만. 내가 잡상인 출입시키지 말랬지?"

"생각보다 보는 눈이 없으시군요. 내 이름은 찌르지마쇼. 남들은 저를 사무라이계의 얼짱, 몸짱이라고 부르더군요."

"아니, 그럼 당신이 바람의 검신, 찌르지마쇼?!"

"후훗, 이제야 알아보시는군요."

찌르지마쇼가 벽에 기대 흘러내린 머리를 나름대로 멋있게 쓸어 올렸다.

최초의 스시

스시는 일본의 가장 대표적인 음식이며 전 세계인들에게 인기 있는 음식이다. 원래 스시는 동남아시아에서 물고기를 소금에 절여 곡물과 함께 저장하던 방법이 중국을 통해 일본으로 전해진 것. 일본에서 최초의 스시라고 알려진 것은 고노에의 후나스시(붕어초밥)로 붕어의 내장을 꺼내고 잘 씻은 후, 속을 밥으로 채워 돌로 누른 다음, 소금으로 절여 1개월 정도 발효시켜 먹는 것이다.

"여보야, 꼭 저렇게 잘난 척하는 녀석을 써야겠어요? 생긴 것부터 맘에 안 드는데⋯⋯."

도요토미가 입술을 삐죽거리자 벤또 부인이 귓속말을 했다.

"요즘 사무라이 고용하는 데도 얼마나 큰 돈이 든다구요. 저렇게 저렴한 사무라이 구하는 것도 쉽지 않아요. 게다가 솜씨도 알아준다니까요. 결투로 뺏은 칼이 999개나 된다니 실력도 믿을 만하고⋯⋯."

"알았어요. 당신 결정이니까 따라야지요."

부인의 말을 한 번도 거스른 적이 없는 공처가 도요토미는 이번에도 부인의 말을 따르기로 했다.

"부부 싸움을 해결해 달라고 날 부른 건 아닐 테고, 원하는 게 뭐요?"

'건방진 자식, 얼굴도 부담스럽게 잘생긴 게 잘난 척까지 하다니⋯⋯. 벤또 부인만 아니었어도 가츠오부시를 만들어 버렸을 텐데.'

도요토미는 찌르지마쇼가 거슬렸지만 꾹 참았다.

"맹인 검객과 문어머리 녀석을 없애버려라. 민심이 안 좋으니까 아무도 모르게⋯ 끽."

"나는 약자들과는 대결하지 않소. 장님과 문어머리 녀석이 나의 적수가 된다고 생각하시오? 그런 녀석들을 위해 칼을 뽑는다는 건 무사의 수치요."

"너무 쉽게 생각하지 마. 그들은 고도로 훈련된 닌자들이란 말이다.”

“고도로 훈련된 닌자? 나 찌르지마쇼는 언제나 진정한 승부에 목말라 있죠. 지금까지 수많은 결투를 하면서 한 번도 내 적수라고 생각되는 녀석들은 없었으니까. 내 상대는 오직 전설 속의 검객 ‘눈송이’! 그 정도라면 또 모를까.”

찌르지마쇼는 눈을 가늘게 뜬 채 눈썹을 꿈틀거렸다.

“홋— 고도로 훈련된 닌자라……. 그들 역시 내 상대로는 어림도 없겠지만, 그래도 고도로 훈련된 닌자라고 하니 시시한 결투는 되지 않겠군.”

“그만 좀 중얼거리고 어서 가서 그 녀석들을 없애버려. 한 시가 급하다구.”

"아마 조만간 기쁜 소식을 듣게 될 거요. 그럼 이만."

휘리리릭.

찌르지마쇼는 세 번 회전하며 돌아 텀블링 자세로 용수철처럼 튕겨 도요토미의 집을 빠져 나갔다.

"미야자키 하야네. 죽어서까지 나를 피곤하게 만드는군. 하지만 이번에는 네 뜻대로 되지 않을 거다. 내가 어떻게 이 자리에 왔는데……. 미야자키 가문의 재건은 꿈에서도 안 될 일이지. 조만간 그 맹인 검객과 문어머리는 싸늘한 주검이 되어 돌아올 테니. 크탓탓탓."

백 년을 산 사람

사람을 찾으려면 사람들이 많은 곳으로 가야 하는 법. 잣 또이치와 노빈손은 가장 번화한 마을을 향해 걷기를 반나절. 게다를 신은 탓에 엄지발가락과 검지발가락 사이가 부풀어 올라 물집이 잡혀 있었다. 막대기 끝을 잡고 더듬더듬 뒤따라오던 잣 또이치도 꽤나 피곤한 기색이었다. 어디를 향해 어떻게 가야 하는지도 모른 채, 발걸음은 부표 없는 바다 위를 헤엄치는 것 같았다. 묵묵히 앞만 보고 걷던 노빈손이 입을 열었다.

"…백 년 묵은 산삼이나 칡뿌리는 들어 봤어도 백 년 동안

산 사람이 어디 있겠어요? 그게 사람이에요? 게다가 앞으로
도 오백 년이나 살 사람이. 기계인간이거나 외계인의 실험
대상이지."

"그렇게 쉽게 찾을 수 있는 거면 히데요시님이 진작 찾았
겠지. 그만 좀 툴툴거려, 이 녀석아."

야트막한 언덕을 넘어서자 작고 아담한 집들이 옹기조기
모여 있는 마을이 나왔다. 이곳에서 허기를 면해 볼까 하는
생각을 했던 두 사람은 마을이 이상하리만치 조용하다는 사
실을 발견했다. 그러고 보니 마을 입구부터 지금까지 단 한
명의 사람도 볼 수가 없었다.

그때 마침 어딘가로 헐레벌떡 뛰어가는 남자를 발견했다.
이 마을에서 만난 첫 번째 사람이었다.

노빈손은 잽싸게 그를 막아섰다.

"아저씨, 아저씨 잠깐만요. 마을이 왜 이렇게 조용해요, 무
슨 일 있어요?"

"다들 가부키 공연 보러 갔잖아. 추신구라를 한다는데 가
만히 있을 사람이 어디 있겠어? 이크, 시작했겠다. 늦었다,
늦었어."

남자는 황급히 자리를 떴다.

"가부키? 와 재밌겠다……."

순간 노빈손의 눈이 반짝였다. 꼭 한 번 보고 싶은 공연이
었다. 하지만 잣 또이치를 보니 그럴 수가 없었다.

충복에 관한 오래된
이야기, 추신구라
사무라이 시대를 배경
으로, 암살당한 주군의
원수를 갚으려고 수하
무사들이 벌이는 싸움
을 다룬 가부키 이야기
이다. 주군의 원수를 갚
은 후 범인의 목을 주군
의 무덤 앞에 가져다 묻
고 그 앞에서 무사들은
모두 할복을 했다. 이
중에는 16살 정도의 무
사도 있었다고 한다. 일
본 특유의 충의나 의리
를 강조하고 있으며 우
리나라의 춘향전처럼
일본에서 오랫동안 사
랑받아 온 이야기이다.

“우리도 가자.”

“하지만 저희는 그보다 급하게 해야 할 일이…….”

“왠지 가부키를 보다 보면 뭔가 힌트를 얻을 수 있을 것 같은 느낌이 온다.”

잣 또이치가 노빈손을 지팡이로 쿡쿡 찔렀다.

“앞도 안 보이면서 가부키 공연은 어떻게 보시려구요?”

“이 녀석아, 예술은 눈으로만 보는 게 아냐. 가슴으로 보고 느껴야지. 게다가 오늘 공연하는 것이 추신구라라고 하잖냐. 내 꼭 봐야겠다. 아니지, 보진 못해도 꼭 들어야겠다.”

“추신구라가 뭔데요?”

“암살당한 주군의 원수를 갚기 위해 무사들이 싸움을 벌인다는 내용인데 일본 사람들이 제일 좋아하는 가부키라고.”

가부키가 공연 제목인 줄 알았었는데……. 우리나라 사람이 판소리 중 춘향전을 제일 좋아하는 것처럼 일본 사람들은 가부키 중에서도 추신구라를 가장 좋아하는 모양이었다.

“이 녀석아, 서둘러. 시작한다잖아.”

노빈손과 잣 또이치가 공연장으로 허겁지겁 들어가 자리에 앉자마자 가부키의 시작을 알리는 목탁 소리가 들렸다.

따악 따악, 딱 따악, 따악 딱―.

처음 보는 공연이라 그런지 노빈손의 가슴이 콩닥콩닥 뛰었다. 무대는 다양한 색채로 꾸며져 화려하고 아름다웠고 배우들의 의상도 한 폭의 그림을 보는 것 같았다.

무대 왼쪽 작은 창이 있는 곳에 피라, 샤미센, 징, 목탁 등을 연주하는 악사들이 자리해 배우들의 움직임에 맞게 효과음과 배경음악을 즉석에서 연주하고 있었다. 노빈손은 신비한 샤미센 소리와 화려한 의상, 그리고 느리게 춤추는 듯한 배우들의 움직임과 아름다운 무대 장식에 저절로 탄성이 나왔다.

공연 중간 중간 사람들이 곳곳에서 뭐라고 큰 소리로 외쳐 댔다.

"아니, 관객들이 왜 저래요? 집어치우라는 얘긴가요? 못 알아들어도 재밌는 거 같은데……."

"좋아하는 배우의 별칭을 큰 소리로 부르는 거야. 또 잘한다, 천하일품이다, 이렇게 외쳐 주면서 배우가 신명나도록 열광해 주는 거지."

일종의 추임새 같은 거로군.

고개를 끄덕이며 한참을 열중해 있는데 가부키 배우가 객석으로 난 무대를 향해 걸어와 노빈손이 있는 자리 바로 앞에서 멈춰 섰다. 배우의 움직임 하나하나를 놓치지 않고 지켜보자니 황홀하기까지 했다. 역시 예술은 말이 통하지 않아도 사람의 마음을 움직인다니까.

남자 배우는 절정에 다다른 연기를 선보이는가 싶더니 갑자기 모든 동작을 멈추었다.

"크크, 저 남자 배우 대사를 잊어버렸나 봐요. 가만히 서

**가부키로
기네스북에 오르다**
가부키의 배우들은 평생 동안 하나의 배역만을 맡기도 한다. 일본 최고의 배우인 나카무라 란지로는 오하스라는 유녀 역할만으로 52년간 무려 1,212회 무대에 올라 기네스북에 기록되기도 했다. 이쯤 되면 배우라고 해야 할까, 장인이라고 해야 할까?

있네요.”

“무식한 녀석. 가부키는 원래 극의 절정에 달했을 때, 잠깐 딱 멈춰. 관객에게 가장 멋진 연기 대목을 찬찬히 음미하도록 하는 연출법이지.”

“특이하네요. 비디오도 아니고.”

“질문 좀 그만해라. 아무튼 그 호기심은……. 너 때문에 공연을 제대로 못 봤잖아.”

한 시간이 조금 넘는 공연의 막이 내렸다. 이제 끝인가 보다 생각했지만 웬걸 끝난 줄 알았는데 다시 시작되고, 정말 끝인 줄 알았는데 또다시 시작되고……. 공연은 몇 시간이나 계속됐다. 오랫동안 이어지는 공연에 사람들은 집에서 싸온 도시락을 꺼내 먹으며 허기를 달랬고, 잣 또이치와 노빈손도 아끼꼬가 싸 준 주먹밥을 게 눈 감추듯 먹어치웠다.

“정말 많이 왔다! 공연장에 바늘 하나 더 들어갈 자리가 없네요.”

“추신구라라는데 안 올 사람 있나? 그런데 네가 온 대한민국이라는 곳에는 가부키 같은 게 없나 보지?”

“왜 없어요. 우리나라엔 판소리가 있죠. 명창 한 사람만 나와서 북 치는 고수랑 함께 창을 하는 거예요. 신명 나면 관객들이 ‘얼쑤—’ 하는 추임새로 흥을 돋구구요. 아, 그리고 중요한 거, 가부키는 여러 사람들이 함께 공연하지만, 판소리는 한 사람이 나와서 여러 사람 몫을 다 창으로 풀어 가죠.

그리고 제일 중요한 거, 판소리 완창은 길게는 열두 시간까지 걸리는, 그야말로 대단한 명창들의 공연이라구요. 물론 중간에 도시락을 까먹는 건 상상할 수도 없는 일이죠."

"커억— 열두 시간이나. 햐, 사람 몸에서 그렇게 오랜 시간 동안 소리가 끊이지 않을 수 있단 말야? 잘은 모르겠지만 판소리란 대단한 음악 같구나."

잣 또이치 말에 노빈손은 자신이 판소리 인간문화재라도 되는 것처럼 뿌듯해졌다. 더 멋있게 설명할 수 있었으면 좋았을 것을. 노빈손은 한국에 돌아가면 전통음악에 대한 책을 꼭 찾아봐야겠다고 다짐했다.

대단원의 막이 내렸고 사람들은 가부키 배우들의 명연기에 아낌 없는 갈채를 보냈다.

"어쩜 배우들이 그렇게 연기를 잘하는지. 정말이지, 홀딱 반해 버렸다니까요. 특히 그 남자 주인공. 할복하는 장면에선 눈물까지 나더라구요. 흑—."

노빈손은 눈물을 찍어내는 시늉까지 해보였다.

"잠깐만 여기서 기다리세요, 할머니. 저 사인 받아가지고 올게요."

"이 녀석아, 사인은 무슨 사인이야. 내 것도 부탁한다아—."

노빈손이 사인을 받기 위해 무대 뒤로 가자 배우의 얼굴을 한 번이라도 더 보기 위해 모여든 마을 사람들로 북적였다.

흔히 잘 부르는 애창곡을 18번이라고 한다. 이 말은 가부키에서 유래된 말이다. 일본의 제9대 이치카와 단쥬우로우는 자기 가문에서 공연해 온 무수한 각본들 중 18개의 뛰어난 작품을 골라서 공연을 했다. 바로 여기서 가부키 18번이라는 말이 나오게 되었고, 지금은 자신만의 노래 솜씨나 재주를 일컬어 '18번'이라 부르게 되었다.

사람들 사이로 화장을 지우고 있는 남자 주연배우의 얼굴이 살짝 보였다.

"저 사인 받으려고 하는데요, 저기 저 남자 배우 이름이 뭐예요?"

노빈손이 옆에 있는 마을 사람에게 물었다.

"사인 받는다면서 배우 이름도 모르냐? 이치카와 단쥬우로우! 몰라? 저 사람이 그 유명한 배우잖아. 일본에서 저 사람 모르면 간첩이라니까. 습명 때문에 벌써 3대쯤 됐지, 아마."

"습명? 그게 뭐예요?"

남자는 그것도 모르냐는 듯이 기막혀하며 일러주었다.

"가부키에서는 배우의 아들이나 자손들이 배우를 대물림하여 연기 생활을 하지. 연기 스타일뿐만 아니라 이름까지 물려받게 돼. 그게 습명이야. 외국에서 왔어?"

남자의 설명을 들은 노빈손은 우뚝 멈춰 섰다.

"뭐해, 젊은이. 사인 받는다며?"

노빈손은 넋이 빠진 사람처럼 멍한 표정으로 중얼거렸다.

"그거다. 습명! 백 년을 산 사람! 찾았어!"

노빈손은 그 길로 바람처럼 잣 또이치에게 달려갔다.

"이 무슨 가부키 배우 화장 지우는 소리야. 그러니까 아까 그 남자 주인공이 인(仁)에 해당하는 사람이라는 거냐? 사인 받는다고 갔다 와서 무슨 뜬금없는 소리냐?"

노빈손은 흥분하며 잣 또이치에게 설명을 했다.

"가부키에 보면 습명이란 게 있대요. 습명이 뭐냐 하면……."

"그건 나도 알아."

"그 남자 배우가 3대째 이치카와 단쥬우로우래요. 그러니까 이치카와 단쥬우로우라는 이름은 백 년 동안 한 번도 사라진 적이 없는, 백 년 동안 산 사람이라고 봐도 되지 않을까요? 또 후손들이 계속 그 이름을 물려받는다면 앞으로 또 오백 년도 넘게 살게 되겠죠. 게다가 가부키 배우라 인기도 많잖아요. 그러니까 인(仁), 인기 많은 사람. 백 년을 산 사람. 그리고 앞으로도 오백 년 넘게 영원히 살 사람. 이 인물에 딱 들어맞잖아요."

"빈손아—."

잣 또이치가 심각하게 노빈손을 불렀다.

"네?"

"너 혹시… 천재냐?"

첫 번째 난관

"날 찾아온 사람들이 있다고?"

분장을 지우던 이치카와는 귀족쯤 되는 부인의 방문을 기대했다가 노빈손과 잣 또이치를 발견하고는 다소 놀라는 눈

쪽발이? 쪽바리?
쪽발이는 흔히 쪽바리라 하여 일본 사람을 얕잡아 부를 때 쓴다. 쪽발이는 원래 발통이 두 조각으로 이루어진 물건을 이르는 말이다. 그러던 것이 일본 사람들이 신는 ‘게다’를 일컫는 말로 쓰이다가 그 뜻이 점차 번져서 일본 사람을 경멸하는 말로 변했다.

치였다.

"내 팬층이 이렇게 광범위할 줄은 몰랐군. 너도 가부키 배우냐? 오~ 놀라운 마스크로고."

"이거 왜 이러세요. 저는 순수 자연산 노메이크업이라구요."

"어쩐지 특이한 분장이다 싶었지."

이치카와는 노빈손 옆에 있는 잣 또이치의 행색을 살피더니 허리를 굽혔다.

"긴 공연을 보기 힘들지 않으셨습니까?"

"댁은 공연을 힘으로 보나? 뭐 봐줄 만하더군. 과연 3대 이치카와 단쥬우로우다웠네. 그런데, 목에 염증이 있는 환자

처럼 간혹 가다 그르렁대더구만. 그렇게 목을 혹사시키다간 그 명성도 오래 못 갈 거야."

"의사도 못 맞춘 걸 아시는군요. 앞으로 조심하겠습니다. 하하하."

호탕하게 웃는 이치카와의 얼굴에 인상 좋아 보이는 주름들이 살짝 잡혔다가 펴졌다. 과연 연기뿐만이 아니라 심성으로 사람들의 사랑을 한 몸에 받고 있는 사람의 그늘 없는 웃음이었다.

"사인을 원하십니까? 아니면 기념 촬영이라도?"

노빈손과 잣 또이치는 이곳까지 온 사정을 액션까지 섞어 가며 자세하게 설명했다.

"마치 한 편의 느와르 영화를 본 것 같군요. 난 미야자키님에게 갚을 수 없는 은혜를 입은 몸이죠. 어려서부터 여장을 좋아하던 전 그 때문에 남들에게 손가락질 받으며 자랐지요. 하지만 일찍이 저의 재능을 알아보신 미야자키님께서 제가 가부키 배우가 될 수 있도록 힘써 주셨어요. 그래서 전 일본 최고의 가부키 배우로 성장할 수 있었죠. 미야자키님에게 도움이 될 수 있다면 어떤 일이라도 하겠어요. 미야자키 가문이 몰살당했다는 얘기를 듣고 얼마나 통곡을 했는지……. 언제든 기회가 오리라 생각했죠. 하지만, 당신들을 믿을 수 없어요. 남들이 보기엔 그냥 평범한, 아니 평범하지 않게 생긴… 음……."

원래 원조는
중국이라니까
가부키에 쓰이는 샤미센은 3현으로 된 현악기이다. 본래 중국의 악기로 유구 지방(지금의 오키나와)에서 쓰이던 것. 오늘날은 일본 악기라고 내세우고 있을 정도로 일본 민요, 무용 등에 반주악기로 널리 사용되고 있다.

"남들이 보기엔 그냥 장님 할머니와 특이하게 생긴 이방인에 불과하겠지."

이치카와가 얼버무리자 잣 또이치가 콕 집어 얘기했다.

"말하자면 모 그렇다는 거죠. 히데요시라면 사람 보는 안목이 탁월한 미야자키의 가신으로 알려져 있는데……. 왜 당신들을 보냈을까요? 히데요시가 보냈다는 걸 어떻게 믿죠? 도요토미 덴뿌라가 날 모함하기 위해 만든 함정일 수도 있고 말이에요."

"앞날이 창창한 젊은이가 말야, 보증 섰다 망한 적 있어? 왜 그리 의심이 많아, 맞아 볼래? 그럼 우리가 여기 놀러 왔겠어?"

어렵게 온 길인데 냉정한 반응을 보이자 상심한 잣 또이치는 들고 있던 지팡이를 휘둘러댔다. 갑자기 당하는 일이라 얼떨결에 피해 다녔지만 잣 또이치의 지팡이는 이치카와의 머리를 따라다니며 따악따악 정확히 가격했다.

"그만 때리세요. 무슨 할머니가 이렇게 힘이 좋아요. 농담이었어요, 농담. 그렇지만, 두 분이 정말 미야자키 가문을 일으킬 만한 분들인지 확인해 봐야겠습니다. 저한테 아버님이 남기고 가신 유품이 있습니다. 너무 오래되서 변색되어 버린……."

이치카와는 한쪽 벽에 걸린 일본도를 떼어 가지고 왔다. 긴 칼집엔 시간을 고스란히 견뎌낸 흔적들이 보였다. 그리고

일본에 들어온 최초의 서양 물건은 포르투갈 상인이 들여온 서양 총 2자루였다. 원래 중국으로 가려던 이 배는 태풍 때문에 어쩌다 일본 가고시마에 밀려오게 된 것이다. 그리고 이 총을 시작으로 일본은 계속해서 서양 총을 사들였고, 총을 연구해 조총을 개발하기에 이른다. 그리고 그 총은 50년 후에는 임진왜란이란 이름으로 조선을 침략한 흉기로 바뀌었다고 하니, 총은 어딜 가나 애물단지라니까.

긴 세월도 침범할 수 없는 기품이 흘러나왔다.

"미야자키님이 저의 아버님께 선물로 주셨던 검입니다. 귀중한 가보로 지니고 있었는데……. 너무 오래된 탓에 검에 새겨진 글씨를 읽을 수가 없게 되었습니다. 온갖 방법을 다 동원해 봤지만 아쉽게도 검에 쓰인 문구는 읽을 수가 없더군요. 두 분이 정말 미야자키 가문을 일으킬 분들이라면 이 정도는 밝혀내시리라고 봅니다. 만약 검의 문구를 밝히지 못한다면 저는 함께 떠날 수 없습니다."

구리 검을 빛내라

녹이 잔뜩 슬어 있는 칼을 둘이 힘을 합하고서야 가까스로 칼집에서 꺼낼 수 있었다.

누렇고 푸른 얼룩이 잔뜩 범벅이 된 칼은 바다에 가라앉은 보물섬에서 찾아낸 오래된 동전처럼 변해 있었다. 잣 또이치와 노빈손은 녹을 벗겨내기 위해 온갖 방법을 다 시도해 보았다. 기왓장을 으깨서 비벼 보기도 하고, 흐르는 냇물에 열심히 씻어 보기도 했지만 소용없었다.

숫돌에다가 머리가 산발이 되도록 칼을 갈아도 녹은 칼과 한 몸이 된 것처럼 벗겨지지 않았다. 오랜 세월에 걸쳐 색이 변해 버린 칼은 본연의 모습을 드러내지 않았다.

세계적인 일본도
보통 일본도는 헤이안 시대 후기부터 제작된, 등이 휘고 날의 양 옆에 능선이 있는 칼을 가리킨다. 제작은 경(硬)·연(軟) 두 종류의 쇠를 배합하여 이것을 쳐서 늘려 만든다. 원형이 완성된 칼의 몸 전체에 특수한 흙을 바르고 칼날 부분의 흙을 얇게 깎아 낸 다음 빨갛게 달궜다가 식힌다. 이때 여러 가지 칼날 무늬가 만들어진다. 칼의 절단면은 거의 긴 마름모꼴이며, 그 둔각부를 시노기(능선)라 한다. 칼이 자루로 들어가는 부분에 제작자의 이름이 있다.

"아이고 팔이야, 이거 혹시 원래 이 색으로 만들어진 거 아닐까요?"

눈을 게슴츠레 뜨고 칼을 흘겨보는 빈손.

"이게 무슨 스타워즈 레이저 검이냐? 미야자키 가문을 일으켜 보겠다고 길을 떠나 망나니처럼 칼만 갈아대고 있으니……. 이 여행길이 칼만 갈다 끝날 것 같은 불길한 예감이 살짝 드는 건 늙은이의 노파심이겠지?"

"할머니도 참, 노빈손 가는 길에 좌절은 없다는 소문을 아직 못 들으셨나 보죠? 포기하지 않으면 길은 있는 법. 포기하기엔 우리네 인생이 너무 길죠."

"칠십대 늙은이 앞에서 인생 타령은……. 그런데 이상한 건 말야, 미야자키는 왜 이 검을 구리로 만들었을까?"

"구리요?"

"그래. 아까 칼을 닦을 때 보니까 구리 냄새가 나지 뭐냐. 원래 사무라이 칼을 구리로 만들 리 없는데……. 일부러 구리로 만들었나? 아무튼 이래저래 특이한 검이야."

"구리… 구리라……."

노빈손의 머릿속에 푸르게 변색된 십 원짜리 동전이 떠올랐다.

"구리… 동전… 아, 방법이 있어요. 생각났다구요! 할머니, 식초 좀 구해 주세요."

"생각보다 빨리 구해 오셨네요."

"장님이 식초를 구걸하고 다닌다고 신기해하면서 금방 주더라."

"다른 건 다 준비됐어요."

노빈손은 칼을 담글 수 있을 만한 커다란 그릇을 준비하고 물을 넉넉하게 부은 다음, 잣 또이치가 가져온 식초를 몇 숟가락 넣고 잘 녹였다. 그 다음 칼을 거기에 담갔다.

"이게 다냐? 난 또 대단한 뭔가가 있다고? 이 녀석아, 기왓장으로 박박 문질러도 안 지워지던 게 이렇게 그냥 담가 놓는다고 해결될 리 없잖아?"

"힘으로 해결되지 않는 일은 머리로. 십 원짜리 동전도 이렇게 담가 두면 깨끗해진다구요. 잘 보세요."

푸른 얼룩과 녹들이 서서히 연기처럼 풀어져 물에 퍼졌다. 믿을 수가 없었다. 조금 지나자 칼에 있던 모든 얼룩들이 사라져 칼은 새것처럼 빛을 내고 있었다.

더듬더듬 칼을 만져 본 잣 또이치는 금방이라도 눈이 떠질 듯 놀라워했다.

"세상에 믿을 수가 없다, 믿을 수가. 이것은 매직이야, 매직. 아니 미라클이다, 미라클."

흥분한 잣 또이치를 보며 빈손은 싱긋 윙크를 해 보였다.

"매직도 아니고 미라클도 아니고, 이게 바로 과학이죠."

이치카와는 이때쯤이면 노빈손과 잣 또이치가 포기했으리

세계적으로 유명한
아리타 도기(有田燒)
일본 사가 현 아리타 시 도요에서 생산되는 도기. 아리타 도기는 정유재란 때 일본으로 끌려간 한국인 도공 이삼평이 1616년 사가의 아리타에 살면서 가마를 열고 한국인 노예공들과 도자기를 구우면서 시작되었다. 17세기 중반부터 명나라 말기의 자기 제조 방법을 배워 직물무늬에서 따온 회화적인 무늬를 그려 넣었다. 아리타 도자기는 해외에서도 호평받아 17세기 후반에는 네덜란드의 동인도회사를 통해 세계 여러 나라에 수출되었다.

라 생각하며 다시 분장실 문을 열고 나왔다.

"포기하길 잘하셨습니다. 평생 동안 지워도 안 지워질 녹이지요. 미야자키 가문을 일으킬 다른 누군가를 기다려야 하겠군요."

"무슨 그런 섭섭한 말씀을……. 일단 한번 칼부터 뽑아 보시죠."

이치카와가 설마 하는 마음으로 칼을 뽑아들자 칼은 눈부시게 빛을 발하고 있었다.

이치카와는 입을 쩌억 벌리며 놀라워하다가 바로 무릎을 꿇고 고개를 조아렸다.

"당신들이었군요. 기다리고 있었습니다."

"얏호―."

노빈손과 잣 또이치가 폴짝 뛰어올랐다.

눈으로 보는 가부키 대백과사전

일본 예술의 꽃, 가부키의 무대 속으로 빠~~져 봅시다!

모시모시,
여기는 일본이무니다!

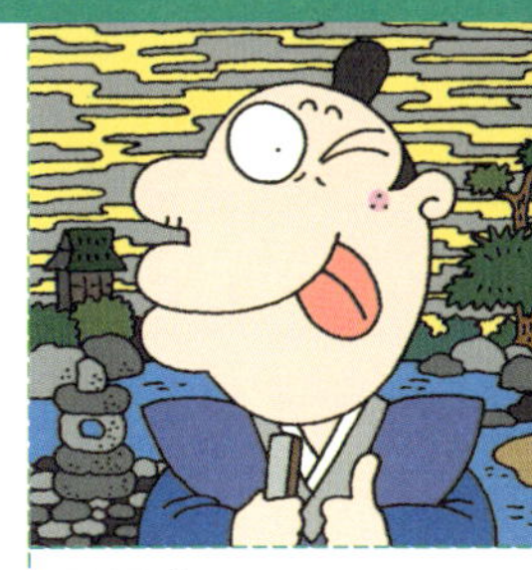

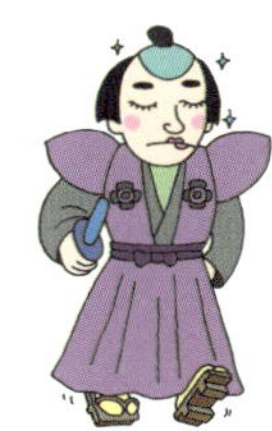

일본 하면 빼놓을 수 없는 게 바로 가부키 아니겠어?

화려한 의상과 강렬한 분장, 독특한 연기와 음악이 어우러져 일본적인 색채를 강하게 드러내는 가부키는 후지산, 기모노, 스시, 스모와 함께 일본을

<가부키 무대의 비밀을 밝혀라>

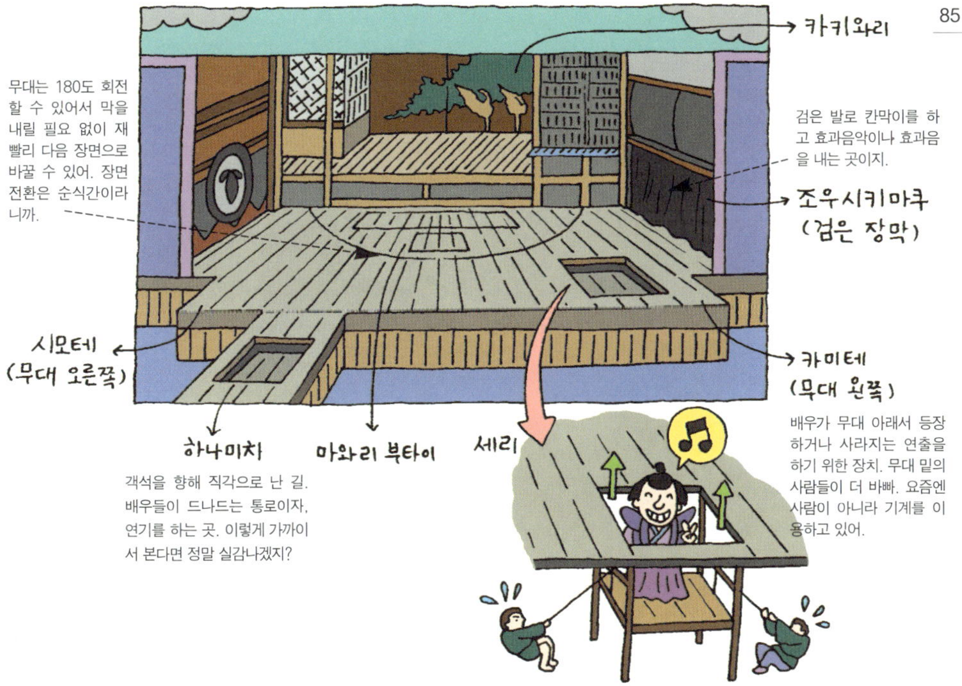
카키와리
무대는 180도 회전할 수 있어서 막을 내릴 필요 없이 재빨리 다음 장면으로 바꿀 수 있어. 장면 전환은 순식간이라니까.
검은 발로 칸막이를 하고 효과음악이나 효과음을 내는 곳이지.
조우시키마쿠
(검은 장막)
시모테
(무대 오른쪽)
카미테
(무대 왼쪽)
배우가 무대 아래서 등장하거나 사라지는 연출을 하기 위한 장치. 무대 밑의 사람들이 더 바빠. 요즘엔 사람이 아니라 기계를 이용하고 있어.
하나미치
객석을 향해 직각으로 난 길. 배우들이 드나드는 통로이자, 연기를 하는 곳. 이렇게 가까이서 본다면 정말 실감나겠지?
마와리 부타이
세리

대표하는 국가의 상징으로 말해질 만큼 일본인들의 사랑을 듬뿍 받고 있는 공연예술이야.

가부키라는 말은 원래 유별난 것, 유행의 첨단을 달리는 머리 형태나 복장을 가리키는 말에서 생겨났다고 해. 처음 등장했을 때 서민들이 얼마나 신기해하고 재미있어했을지 짐작하게 하는 이름이지? 자, 그럼 생생한 무대 속으로 들어가 가부키에 대해 좀 더 알아볼까?

자주 나와서 주연 배우인 줄 알았다고?!

❶ 무대에서 나를 보거든, 모른 척해 줘 : 구로코

검은 옷을 입고 이따금 무대 위로 올라와 배우를 돕는 일을 해. 일종의 무대 스텝이지. 만약 내가 보여도 모른 척해 줘야 해. 날 보이지 않는 존재로 여겨 주는 것이 가부키에서의

약속이니까.

❷ 탁타라라락 따악 잉잉~ 칭칭~ 어때, 실감나지?

가부키에 쓰이는 실감나는 효과음은 일본 전통악기에서 나
는 소리야. 아무리 멋진 연기도 음악이 없다면 좀 싱겁지 않
겠어? 처음부터 끝까지 긴장을 늦출 수 없는 건 전통 악기
들의 매혹적인 소리 때문이기도 해.

오다이꼬

보너스~ 아무도 가르쳐 주지 않는 가부키 상식들

영웅은 색으로 말한다!

가부키에 등장하는 인물들의 얼굴색만 봐도 악당인지 영웅

인지 알 수 있어. 영웅은 붉은색으로 악당은 검은색으로 그려지니까. 노빈손이 가부키에 등장하면 무슨 색을 칠하게 될까?

여자 배우 연기가 정말 좋았다고?

천만에, 가부키에는 여자 배우가 없어. 모두 남자 배우들이야. 여자 역을 맡은 남자 배우들은 배역을 철저히 소화하기 위해 평소에도 여성의 생활방식을 익혀 오히려 여자들보다 더 여자답다고 해. 이런 여장 남자 배우들을 '온나가타' 라고 불러.

좋아하는 만큼 힘껏 소리쳐 줘!

깜짝이야, 이곳 저곳에서 사람들이 소리를 질러 불이라도 난 줄 알았다고? 너무 놀라지 마. 가부키를 보다가 좋아하는 배우가 나오면 사람들은 공연을 보다 말고 큰소리로 그 배우의 이름을 불러 준다고 해. 배우들이 신명 나서 연기 잘하라는 응원의 표시라나? 그러니까 공연 보러 가기 전에 주연배우 이름 정도는 알아뒀다가 한번 크게 외쳐 봐. 혹시 알아? 나중에 사인이라도 해줄지.

양자로 들어갈 것을 권함

가부키 배우가 되고 싶니? 가부키 배우는 남자뿐이라고 했잖아. 그렇다고 모든 남자가 다 가부키 배우가 될 수 있는 건 아니야. 오직 배우 가문의 아이만이 될 수 있어. 만약 남자아이가 없다면 양자를 받아서 배우를 시켰다고 하니 대단하지? 지금이라도 가부키 배우가 되고 싶으면 일단 배우 가문에 양자로 들어갈 것을 권함. 하지만, 내가 보냈다는 말은 절대로 하지 마.

3

소년 험담 단속대 출동

이제 세 명으로 늘어난 노빈손 일행.

이들이 지나갈 때마다 사람들은 눈을 떼지 못하고 고개가 돌아가도록 쳐다보다 어딘가에 부딪히곤 했다. 그 어느 때보다 사람들의 이목을 끌며 여행하게 된 노빈손은 몇 배의 시선이 조금은 부담스러웠다.

"이치카와 아저씨, 사람들이 자꾸 쳐다보잖아요. 꼭 그렇게 가부키 화장을 하고 여행을 다녀야 해요?"

"어차피 인생은 한 편의 긴 연극. 그러니 평상시에도 가부키 화장을 하고 다니는 건 당연한 일 아니겠어? 그리고 사람들의 인기를 먹고사는 나는 이 정도의 시선은 받아 줘야 활동할 맛이 나거든."

이치카와는 화장을 닳고 산 덕분에 피부 트러블이 잔뜩 일어났지만 조금도 화장을 게을리하지 않았다.

말숙이를 화장발이라고 놀렸던 일이 생각났다. 이치카와에 비하면 말숙이 화장은 그야말로 투명 메이크업이었다.

"이럴 땐 눈먼 게 다행이지 싶다."

잣 또이치는 사람들의 부담스런 시선이 보이지 않는다며 안도했다.

"자, 조심하라고. 중심 잘 잡고 말야. 오른쪽에 있는 사람들, 미코시가 기울어졌어. 더 힘을 내라고."

구마도리는 등장인물의 성격을 시각적으로 나타내기 위하여 가부키 배우의 얼굴에 매우 짙은 색깔로 화장하는 것을 말한다. 얼굴에 유성 염료로 붉은색의 줄이나 파란색의 줄을 그려서 배역의 성격을 특징적으로 표현한다. 대체적으로 영웅이나 강한 사람 등은 붉은색으로, 악인이나 유령을 나타낼 때는 푸른색으로 그리는 등 일정한 양식이 있다. 과장된 화장법으로 내면을 표현하는 구마도리는 가부키 연출의 중요 기법이다.

열 명 남짓 되는 청년들이 호화롭고 화려하게 장식된 큰 수레를 어깨에 나눠지고 조심스럽게 노빈손 일행의 옆을 지나갔다. 우리나라에 있는 가마와 비슷하지만, 커다란 바퀴가 달려 있고 2층쯤 되는 높이에 화려한 종이를 붙인 미코시는 그야말로 아름다운 조형물 같았다.

미코시를 어깨에 메고 가는 사람들의 얼굴은 한결같이 진지하면서도 상기되어 있었다.

"미코시를 옮기는 소리로군. 곧 마츠리가 있으려나 보다."

잣 또이치는 소리 나는 방향으로 고개를 돌려 중얼거렸다.

"마츠리가 뭔데요? 제가 미스리, 미스터리는 들어 봤어도……."

"마, 마츠리를 모르다니……. 혹시 외계인? 그 외모를 보고 짐작했어야 하는 건데……."

이치카와는 믿을 수 없다는 표정이었다.

"일본은 한 해가 마츠리로 시작해서 마츠리로 끝난단다. 신에게 봉사하고 자연과 인간의 관계를 깊이 생각하고, 저마다 번창하고 잘살자고 하는 지역의 종교 행사이자, 축제란다. 자, 자, 그만 보고 가자."

잣 또이치가 미코시를 바라보는 노빈손을 지팡이로 잡아 끌었다.

"까아악— 살려 주세요—."

그때였다, 어디선가 비명소리가 들린 건.

"무슨 일이 있나 봐요?"

반사적으로 몸을 돌리는 빈손을 이치카와의 손이 막았다.

"야야, 빈손아. 어서 가자. 네가 무슨 짱가냐, 어디선가 누군가에 무슨 일이 생기면 출동하게. 하루라도 빨리 미야자키 가문을 일으켜야 한다며……. 괜히 쓸데없는 일에 휘말리지 말고 우리 갈 길이나 가자."

"이치카와 아저씨, 위험에 처한 한 사람을 도울 수 없다면 한 가문을 일으키는 일도 할 수 없지 않나요?"

노빈손은 이치카와의 손을 뿌리치고 소리가 나는 곳으로 달려갔다.

"이럴 때 보면 어린 녀석이 나이 먹은 어른 둘보다 낫다니까. 험."

잣 또이치가 중얼거리며 노빈손이 가는 방향을 향해 더듬더듬 걸음을 옮겼다. 머쓱하게 머리를 긁적이던 이치카와도 결국 엷은 미소를 지으며 노빈손의 뒤를 쫓았다.

조그만 남자아이가 덩치 큰 남자아이들에게 둘러싸여 있었다. 덩치 큰 남자아이들은 기숙사 학교에 다니는 아이들처럼 똑같은 단발머리 스타일에 붉은 상의를 걸치고 있었다. 남자아이들에게 둘러싸여 있는 소년은 덩치는 작아 보이지만 다부진 체격으로 눈을 부릅뜬 채 이들을 노려보고 있었다.

비명은 소년이 지른 게 아니었다.

"까아악— 살려 주세요, 살려 주세요— 하고 어디 소리라도 질러 보라니까. 엉?"

남자아이들 무리 중 가장 비쩍 마른 녀석이 연기까지 해가면서 소년을 쿡쿡 찌르며 괴롭히고 있었다.

"카무로에 가입하라니까 '그런 폭력조직엔 들고 싶지 않다'고? 너 지금 살고 싶지 않다고 얘기한 거나 똑같은 거 알지? 아주 겁을 분실물센터에 맡겼구나. 맥반석 몽둥이로 두들겨 맞아 봐야 정신을 차리지."

마른 남자아이는 금방이라도 똑 부러질 것 같은 다리를 건들거리며 어린 소년을 윽박질렀다.

"무슨 짓이야, 그만두지 못……."

―해, 라고 말하려 했으나 잣 또이치의 거친 손이 노빈손

의 입을 틀어막았다.

"못 들었냐? 카… 카무로란다."

"카무로?"

"도요토미 덴뿌라가 자기 험담 하는 걸 그렇게 싫어하잖아. 그래서 저렇게 어린 소년들을 모아 훈련시켜서 자기를 흉보는 사람이 있거나 자신의 말을 거스르는 사람이 있는지 숨어서 감시하게 하는 거야. 그러다 들키면 카무로 소년들이 얼마나 사람들을 괴롭힌다고. 어떤 생선 장수는 도요토미가 세금을 많이 걷는다고 투덜거렸다가 어디서 나타났는지 카무로 수십 명이 들이닥쳐서 생선가게 안에다 고양이를 풀고 난리치는 바람에 근 한 달 동안 장사도 못 하고 앓아 누웠대. 한두 명 보면 그냥 성질 나쁜 녀석들이지만 수십 명씩 떼로 다니면서 어른이고 아이고 괴롭힐 땐 조직폭력배가 따로 없다니까."

"그건 이치카와 말이 맞다. 히데요시님도 카무로를 피해 몇 번이나 이사를 다니셔야 했지."

잣 또이치도 이번엔 이치카와를 거들었다.

"카무로가 그렇게 무서워요?"

꿀꺽—.

하지만, 그래도… 그럴 수는 없었다. 아무리 카무로가 무섭다고 하더라도 위험에 처한 사람을 보고 그냥 지나칠 수는 없었다.

고민하던 노빈손에게 좋은 생각이 떠올랐다.

"저한테 멋진 방법이 있어요."

"뭘 어쩌려고 그러냐?"

"그냥 내버려둬 봐. 빈손이 저 녀석, 저러고 나면 꼭 뭔가 해내더라니까."

잣 또이치가 이치카와 귀에 귓속말을 했다.

노빈손은 짐 보따리를 한참이나 뒤져 잔뜩 뭔가를 늘어놓았다. 검은 비닐봉지, 스카치 테이프, 이치카와의 구마도리 분장 가방, 가위, 풀……

뒤돌아 앉아서 꼬물꼬물 부스럭거리며 뭔가를 만들던 빈손이 고개를 돌리자 잣 또이치와 이치카와는 흠칫 놀라며 뒤로 한 발짝 물러섰다. 노빈손은 이 사이로 침을 찍— 뱉더니 짝다리로 서서 다리를 달달 떨었다.

"그… 그게 무슨 꼴이야?"

"카무로 대원으로 변장한 거예요."

검은 비닐봉지를 오려 가발처럼 뒤집어쓴 머리, 유카타에다 이것저것 붙여 엉성하게 만든 카무로 옷. 그리고 얼굴에는 흉터, 어깨에는 큼지막하게 용까지 그려 넣었다.

"너무 깜쪽 같죠?"

"깜쪽은 무슨, 그건 카무로가 아니라 야쿠자잖아. 장난하냐?"

"이 긴박한 상황에서, 이 정도면 해리포터도 울고 갈 변장

야쿠자는 8 −9 −3
야쿠자는 일본 조직폭력단의 구성원 또는 노름꾼을 일컫는다. 어원은 8(야), 9(쿠), 3(자)에서 유래되었다. 도박으로 생활을 하는 사람을 가리키던 야구사는 나중에 일정한 직업 없이 폭력을 휘두르며 남을 등쳐먹는 건달이나 조직폭력배를 지칭하게 되었다. 야쿠자는 대체로 조직에 속해 있는데 이들은 의리와 의무로 강하게 연결되어 있다. 이들이 규칙을 어겼을 경우에는 손가락을 하나씩 자르는 등 가혹한 제재가 따른다.

술 아니에요?"

"어떻게 하려고?"

"어떻게든 해봐야죠. 이 방법이 은근히 통한다니까요. 전에도 성공한걸요."

"그래? 그렇게 어리숙한 방법이 통한단 말이지?"

노빈손은 일단 벽에다 도요토미의 험담을 잔뜩 쓰기 시작했다. '도요토미 덴뿌라 바보, 오줌싸개, 소변금지…' 등등 마지막으로 도요토미의 얼굴을 우스꽝스럽게 그렸다.

그리고 잣 또이치와 이치카와가 말릴 틈도 없이 카무로 무리가 있는 곳으로 걸음을 옮겼다.

"대체 저 녀석 겁이 없는 건지, 생각이 없는 건지……."

기모노의 일종으로 평상복으로 입는 간편한 옷이다. 목욕 후나 여름, 혹은 축제 때 입는다. 유카타라는 명칭은 목욕한 후에 몸을 닦는 수건이라는 말에서 유래되었다. 원래 천황이나 귀족들이 목욕한 후에 입는 옷이었으나 무로마치 시대 말기에서에도 시대 초기에 이르러 민간인도 입게 되었다. 메이지 시대 이후에는 외출복으로 사용되었다. 유카타의 문양은 꽃, 동물 무늬 등 매우 다양하다. 유카타를 입을 땐 타비를 신지 않고 맨발로 게다를 신는다.

위기에 빠진 소년을 구하라

"좋게 말할 때 카무로에 들어라. 그럼 적어도 이런 누더기 유카타는 입지 않게 될 테니까."

카무로 대장 와루바시는 소년이 입고 있는 옷을 더러운 걸레를 만지듯 손가락 끝으로 만지작거렸다.

"차라리 누더기를 입고 말겠어요."

작지만 분명한 목소리로 소년은 그렇게 말했다.

"어쭈~ 네가 정녕 매운 와사비 맛을 봐야 정신을 차리겠다 이거지? 너처럼 때려 달라고 애원하는 사람, 카무로 가입하고 처음이다. 애들아~, 맛 좀 보여줘라."

카무로 일당들이 험상궂은 표정으로 소년을 향해 성큼성큼 다가갔다.

우두둑 우두둑——.

손가락 마디를 꺾으며 악마 같은 표정으로 다가오는 이들의 그림자가 소년의 눈 속에 드리워졌다. 그리곤 누군가의 주먹이 소년의 얼굴을 향해 날아들었다. 소년은 자신도 모르게 눈을 질끈 감았다.

"잠깐!"

노빈손의 고함 소리에 날아가던 주먹이 그대로 멈췄다. 소년은 감은 눈을 조심스럽게 떴다. 카무로 일당들과 소년 모두, 소리가 나는 곳에 서 있는 노빈손에게로 시선이 집중됐다.

"넌 뭐하는 녀석인데 감히 카무로 하는 일에 끼어드는 거야?"

와루바시가 노빈손에게 물었다.

"형님, 왜 이러십니까, 저도 카무로입니다요."

"한 번도 본 적이 없는 얼굴인데? 도요토미님한테 말해서 다음번에 카무로 뽑을 땐 면접을 보자고 해야지, 이거야 원……."

"아유, 지금 그게 문제가 아니라 큰일 났습니다!"

노빈손은 호들갑스럽게 말을 이었다.

매콤한 맛의 진수,
와사비 한번
맛보실라우?
우리말로 고추냉이라고 하는 와사비. 일본의 음식에 빠지지 않는 매운 소스이다. 400년 전 시즈오카시 우토우기 마을 사람이 와사비 신의 계곡에서 자생하고 있던 와사비를 캐어 재배한 것이 시작이다. 기온이 서늘하고 특히 물이 깨끗하지 않으면 살지 못한다. 우리가 흔히 먹는 와사비란, 와사비의 뿌리를 간 것을 말한다. 와사비는 꽤 고가의 작물이기 때문에 거의 모든 부분을 다 식용으로 사용한다.

"저쪽에 누가 도요토미 덴뿌라님 욕을 잔뜩 써 놓았더라구
요. 도요토미 덴뿌라 바보, 멍청이, 오줌싸개, 용용 죽겠지?
이렇게요."

"아니 이 녀석이 겁도 없이―. 도요토미 덴뿌라님을 욕
해?"

"아뇨, 제가 아니라 벽에 그렇게 써 있다니까요. 더 큰일은
조금 있다가 도요토미 덴뿌라님이 여길 지나간다는 거예요.
만약 여기를 지나시다가 저걸 발견하면 얼마나 충격이 크시
겠어요. 모르긴 몰라도 사전에 발견 못 했다고 노발대발 하
실 걸요?"

와루바시의 안색이 창백해졌다.

'걸려들었구나.'

자신의 작전이 통하는 것 같아 용기를 얻은 노빈손은 절정의 연기를 선보였다.

"생각해 보세요. 기분 좋게 나섰는데 여러 사람들 앞에서 그 낙서를 발견하면 얼마나 창피하겠어요. 낙서한 사람을 당장 찾을 수는 없겠지만, 그걸 막지 못한 카무로 대장님은 자리를 내놓아야 할걸요? 뭐 저처럼 유능한 카무로가 새로운 대장으로 임명되겠죠. 그럼 저야 좋지만, 그래도 대장님이랑 정이 많이 들어서 이렇게 떠나 보내긴 싫은데……."

노빈손은 벌써 자기가 카무로 대장이라도 된 것처럼 으쓱거렸고, 소심한 와루바시는 하늘이 두 쪽 난 것처럼 어쩔 줄 몰라 했다.

"도요토미 덴뿌라님이 눈치 못 채게 낙서를 다 지워 놓는다면 그냥 넘어갈 수도 있겠지만……."

"이 녀석들아, 뭘 꾸물거려! 어서 낙서 지우지 않고!"

남은 카무로 일당들이 우르르 벽으로 달려가 게다를 벗어서 낙서를 지웠다. 맘이 급했는지 와루바시도 달려들었다.

노빈손은 그 틈을 노려 구석에 있는 소년에게 재빨리 다가섰다.

"쉿, 이 틈을 타서 빠져나가자."

"누… 누구세요?"

"쉿, 자세한 건 나중에. 카무로 녀석들이 눈치 채지 못하게

무시무시했던
원자폭탄 투하

세계 제2차 대전 당시 1945년 8월 6일 오전 8시 15분 히로시마에 최초의 원자폭탄이, 3일 뒤 나가사키에 두 번째 원폭이 떨어졌다. 투하 중심지에서 약 1.7km까지의 건물들은 모두 무너져 내렸고, 사람들도 30,000도가 넘는 고열로 흔적 없이 사라졌다. 주변에 있던 사람들은 방사선에 노출되어 4일 안에 죽어 갔고, 히로시마에 약 16만 명, 나가사키에 약 7만 4천 명이 후유증으로 사망했다. 한국인 희생자도 2만 명으로 추정하고 있다.

신이 가져다 준 바람,
가미카제

가미카제는 '신이 가져
다 준 바람'이라는 뜻이
다. 일본이 원나라(중
국)와의 전쟁 중에 태풍
의 도움으로 원나라의
공격을 막은 적이 있었
는데, 이 태풍을 일본인
들은 '신이 가져다 준
바람'이라고 불렀다. 또
이를 계기로 일본은 신
이 지켜 주는 국가라는
'신국 사상'을 발전시켰
다. 그 사상이 극단화되
어 세계 2차 대전 당시
자살특공대로 결성된
가미카제 특공대가 활
약을 했는데 비행기에
목적지까지 가는 연료
만 채운 채 미군 함대에
부딪쳐 죽어 갔다.

해야 해."

노빈손은 소년을 데리고 슬금슬금 뒷걸음질 쳤다.

열심히 낙서를 지우던 와루바시가 무심결에 뒤를 돌아보
았다가 노빈손이 소년의 손을 잡고 있는 걸 발견했다.

"너 지금 뭐하냐?"

으헉—.

노빈손은 그 자리에 얼어붙었다.

"그게… 이 소년이 하도 버르장머리가 없는 것 같아서 도
요토미님한테 데려가려고 하는 중이걸랑요."

"아까는 도요토미님이 이리로 오신다며?"

"아, 그랬었죠. 그런데 다시 안 오신다고 핸드폰으로 연락
을 하셔서… 그러니까 그게……."

당황한 노빈손은 대답을 찾지 못하고 식은땀을 흘렸고, 와
루바시는 그런 노빈손을 눈을 동그랗게 뜨고 쳐다보며 고개
를 갸웃거렸다. 어서 핑계를 둘러대야겠는데 머릿속이 하얘
지며 아무것도 떠오르지 않았다.

이때 어디선가 한 줄기 바람이 불어와 노빈손이 가발처럼
뒤집어쓴 검은 비닐봉지를 날려 버렸다.

휘이이이이잉~.

얄궂은 바람은 검은 봉지를 이리저리 굴리고 있었다.

새알처럼 맨질맨질한 노빈손의 머리가 그대로 드러났다.
카무로 일행도 노빈손도 너무 갑작스럽게 일어난 일에 놀라

입을 쩌억 벌린 채 정지 동작으로 서 있었다.

다다다닥—.

이치카와가 잣 또이치의 손을 잡고 재빨리 뛰어들어 노빈손을 향해 외쳤다.

"뭐해, 이 녀석아. 뛰어~."

정신을 차린 노빈손은 소년의 손을 잡고 뛰기 시작했다.

다다다다—.

"헉헉— 전에도 이런 작전을 썼었다며? 그때 성공한 거 맞냐?"

이치카와가 도망치면서 노빈손에게 물었다.

"그러고 보니까 그때도 이렇게 도망쳤던 것 같아요. 헉헉."

그제서야 노빈손한테 속은 것을 눈치 챈 와루바시가 고함을 질렀다.

"감히 이 와루바시님을 속여? 아~ 분해. 짜증나. 이 녀석들아, 뭘 꾸물거려? 잡앗!"

와루바시와 카무로 일당들이 노빈손 일행의 뒤를 우르르 쫓기 시작했다. 노빈손을 뒤쫓는 카무로들은 점점 더 그 수가 많아졌다. 멀리서 누군가 노빈손 일행을 봤다면 분명 독이 잔뜩 오른 곤충 떼에게 쫓기고 있는 사람들처럼 보였을 것이다.

죽을힘을 다해 달려도 카무로 일당들은 *끈끈이주걱*처럼 들러붙어 떨어지지 않고 뒤를 쫓았다.

"저 껌딱지 같은 녀석들은 언제까지 쫓아올 거야?"

"나는 더 이상 못 뛰겠다."

잣 또이치 할머니의 다리가 금방이라도 주저앉을 것처럼 휘청거렸다.

"할머니, 조금만 더 힘내세요."

노빈손과 소년은 할머니를 부축하며 뛰듯이 걸었다.

다다다—.

또다시 카무로의 발자국 소리가 가까워졌다.

"일단 저기로 몸을 숨겨요."

정신없이 뒤쫓기던 노빈손 일행은 앞뒤 생각할 겨를도 없이 눈앞에 보이는 건물로 숨어 들었다.

스모 경기장에서

와아아 와아아—.

천둥 같은 함성에 놀란 토끼눈이 된 노빈손 일행.

뒷산 넘어 앞산, 앞산 넘어 에베레스트라고 했던가. 주위를 살펴보니 노빈손 일행이 뛰어 들어간 곳은 하필이면 전국 단위의 스모 대회가 벌어지고 있는 대형 경기장이었다. 그것도 도요토미가 최고의 귀빈으로 참관하고 있는 대회장이 아닌가.

커어어억—.

어쩌면 이렇게 산뜻하게 일괄적으로 재수가 없을 수 있는지.

"빈손이 너랑 다니면 원래 이런 일들이 생기냐? 고양이 피하려다 호랑이 만난 격이니……. 다시 나가죠."

"잠깐."

나가려는 노빈손 일행을 소년이 막아섰다.

"등잔 밑이 더 어둡다고 하잖아요. 이 많은 사람들 틈에서 우리를 찾아내기란 쉽지 않을 거예요. 그러니 좀 있다가 경기가 끝나고 사람들이 우르르 나갈 때 거기 섞여서 여길 빠져 나가면 카무로도 도요토미도 눈치 채지 못할 거예요."

"오홋, 굿 아이디어! 제 말이 그거거든요."

노빈손이 소년의 말에 대찬성했고, 이치카와와 잣 또이치도 어쩔 수 없이 스모장에 남기로 했다. 지금 당장 밖을 나가 봐야 진을 치고 있는 카무로 일당들에게 잡힐 것이 뻔한 일이었으므로.

스모 모래판을 가운데 두고 자리를 가득 메운 관객석에서는 스모 선수를 응원하는 함성이 요란했다. 노빈손 일행은 조심스럽게 관객석에 스리슬쩍 끼어 앉았다.

"참, 아직 인사도 못 했구나. 내 이름은—."

"노빈손 형이죠?"

"아니 그걸 어찌 알았어? 내 명성이 여기에까지 다다랐다니—."

노빈손은 자신을 알아봐 주는 사람을 발견한 기쁨에 빠져 허우적댔다.

"다른 사람들이 그렇게 부르는 걸 들은 건데."

"험, 그렇구나. 맞아, 난 노빈손, 대한민국 표준 미남이지. 세계 여행 중에 일이 꼬여 이곳에 와 있지만 언젠가 다시 세계 여행길에 오를 거야. 그리고 이쪽은 닌자계의 대모, 잣 또이치 할머니랑 가부키계의 걸어 다니는 인간문화재, 이치카와 아저씨. 넌?"

"하루키요."

"카무로한테 쫓길 때 무서웠지? 고맙다는 인사는 안 해도 돼. 내가 원래 불의를 보면 못 참는 성격이라……."

열 살쯤이나 되었을까? 아직은 엄마 품에서 어리광이나 부릴 나이로 보이지만 소년의 얼굴은 무슨 생각을 하고 있는지 알 수 없을 정도로 묘한 구석이 있었다. 소년은 자기보다 덩치 큰 카무로 일당들에게 둘러싸였을 때조차도 줄곧 침착한 표정을 짓고 있었다. 형처럼 느껴지는 동생이라고나 할까.

"그렇지만, 그까짓 카무로 녀석들 나 혼자서도 얼마든지 해치울 수 있었다구요."

하루키는 나이답지 않게 비뚤어져 있기도 했다.

"이 녀석아, 너 때문에 다들 죽을 뻔했는데, 뭐? 너 내 여자친구 말숙이 같았으면 지금 머리에 혹을 63빌딩처럼 올려 줬을 거다."

스모의 본 경기가 시작되기 전날에는 상위급 선수들이 참가한 가운데 도효에서 신에게 제사를 지낸다. 이때 비자나무 열매를 비롯해 밤, 다시마, 오징어, 씻은 쌀, 소금 등 6가지를 모래판 가운데 파묻는다. 스모 선수들의 비상식량이냐고? 천만에 이것은 스모 선수들이 부상당하지 않고 무사히 스모를 하게 해달라고 바치는 재물이다.

"싸우지들 마, 어차피 인생은 한 편의 가부키에 불과한걸. 사는 동안이라도 즐겁게 살아야지. 그런 의미에서 가부키 중의 한 장면을 보여 주지. 에에에~."

"조용히 해. 쫓기고 있는 마당에 가부키는 무슨. 그러다 들킬 일 있어? 내가 앞을 못 보길 다행이지, 두 눈 뜨고 있었으면 혈압으로 쓰러졌을 거다."

잣 또이치의 호통이 옥신각신하는 이들을 잠잠하게 했다.

"빈손이 너 공치사 들으려고 소년을 구한 거냐? 그리고 말야, 하루키라고 했나? 신세를 지고, 또 신세를 갚고 그렇게 사는 게 사람이야. 그만한 일에 자존심 세우는 녀석이 무슨 사내 대장부라 하겠어. 고마운 사람한테 머리를 숙일 줄도 알아야지. 지금 히데요시님께서는 사경을 헤매고 있는데……. 아이고, 이 철없는 것들을 데리고 어떻게 그 험난한 여행을 하지. 내가 원래 앞이 캄캄했지만 너희들 때문에 따따블로 앞이 캄캄해지려 한다. 조용히 하고 스모나 봐, 이 녀석들아."

점점 열기를 더해 가고 있는 스모 경기장은 사람들의 응원으로 후끈 달아올랐다. 이제 최종 우승자를 가리는 결승전만 남아 있었다.

노빈손 일행은 쫓기는 몸이라는 것도 잊은 채 스모 경기에 빠져 들어 열광적인 응원을 보내고 있었다. 보이지는 않지만 대충 분위기와 사람들 반응을 보며 스모 경기의 흐름을 읽는 잣 또이치는 노빈손보다 더 신이 나 있었다.

쿠르릉.

"윽, 어윽."

노빈손은 갑자기 아랫배가 묵직해지는 것을 느꼈다. 카무로 일당들에게 쫓기느라 화장실에 가야 할 시간을 놓쳤었는데 배에서 다시 신호를 보내온 것이다. 지금 화장실에 가면 결승전을 못 본다는 생각에 노빈손은 몸을 비비 꼬면서 참고 있었다.

"어서 화장실 갔다 와—."

이치카와가 노빈손에게 말했다.

"제가 화장실 가고 싶은지 어떻게 아셨어요?"

"니 얼굴 보면 누구라도 알겠다. 얼굴이 완전히 흙빛이구만. 참을 걸 참아라."

"흐흐, 진짜 화장실에 가야 할 때가 되긴 된 것 같아요."

"으이그, 추하다, 추해."

노빈손은 항문에 힘 조절을 하면서 조심스럽게 일어났다. 누군가 건드리기라도 하면 금방이라도 바지가 축축해질 것만 같아 되도록 사람들한테 부딪치지 않고 조심스럽게 화장실을 찾았다.

하지만 아무리 가도 화장실은 눈에 들어오지 않았다. 복도는 미로처럼 구불구불 연결되어 있어 갈수록 길은 더 복잡해지고 어서 화장실을 찾지 못하면 큰일 날 줄 알라고 뱃속에서 위급신호를 보내 오고, 등에선 식은땀이 주르륵 흘렀다.

"대체 화장실은 어디 있는 거야?"

다급해진 노빈손은 복도 옆쪽으로 나 있는 문의 손잡이를 잡았다.

그때 노빈손은 알지 못했다. 무심코 열어젖힌 이 문이 그에게 전혀 다른, 새로운 경험을 안겨 줄 일의 시작이란 것을.

드르륵―.

노빈손, 스모계의 루키로 떠오르다

"이제 난 망했어. 사람들이 날 가만 두지 않을 거라고. 거기다 성질 고약한 벤또 부인까지 와 있으니, 도요토미가 날 가만히 두지 않을 거라고. 그아아아―."

머리를 쥐어뜯으며 남자는 괴로워하고 있었다.

드르륵―.

문이 열린 건 그때였다.

노빈손은 남자를 발견하곤 흠칫 놀랐다. 남자 역시 노빈손을 발견하고는 눈이 휘둥그레졌다.

"저 혹시 여기가……."

더듬거리는 노빈손의 말이 채 끝나기도 전에 남자가 다가와 덥석 껴안았다.

비를 기원하는
여자 스모 경기
여자 스모는 일종의 기우제 행사로 거행되기 시작했다고 한다. 아키타 현의 오네가와 중류 지역의 민속 보고에 의하면 '여자가 스모를 하면 비가 온다' 는 데서 여자 스모 경기가 시작되었다고 한다. 하지만, 지금은 여자 스모 선수들이 절대 모래판에 오르지 못한다.

"왜 이제야 온 거요? 생각했던 것보다 훨씬 독특한 외모로군, 덩치도 그렇고. 명성은 익히 들었습니다. 난 한 번도 벤치 신세를 벗어난 적이 없는데 정말 부럽습니다."

노빈손은 아랫배를 자극시키는 이 남자가 야속하기만 했다.

"저기요, 제가 좀 급하걸랑요?"

"아참, 급하긴 급하지. 그래, 급하죠. 그럼 서둘러 볼까요?"

남자는 노빈손을 보고 환한 미소를 지었다.

"이쪽으로 와서 자, 어서. 우선 옷부터 벗으시죠."

"옷을요?"

"그럼 옷도 안 벗고 일을 치르려 했나?"

"일을 치르려면 옷을 벗긴 해야겠지만……."

"내가 도와줄게요."

남자는 스스럼없이 노빈손의 옷을 벗겼다.

노빈손은 중세 일본에는 화장실 도우미가 있었나 하는 생각을 잠시 했다.

이제 화장실을 알려 주려나 보다 생각했는데 남자는 긴 천을 아랫도리에 감아 기저귀를 찬 것처럼 만들어 놓았다.

"저 급하다니까요."

"성격 한번 화끈하십니다. 자, 급하니까 어서 시작해 봅시다."

남자는 노빈손의 등을 확 떠밀었다.

남자의 힘에 의해 커튼처럼 처진 막을 뚫고 노빈손은 앞으로 튀어나갔다.

와아아—.

노빈손은 그대로 얼어붙었다. 그가 서 있는 곳은 스모 경기가 벌어지던 모래판이었던 것이다.

"컥—."

눈이 휘둥그레지다 못해 튀어나올 것 같았다. 너무 놀라 화장실 가고 싶었던 마음조차 쏙 들어가 버렸다.

"기권패를 선언할 참이었는데 마침 선수가 도착했군. 자네가 그 유명한 파도치는 뱃살인가? 생각했던 거랑 좀 다른 걸. 아무튼 경기를 진행하지."

심판으로 보이는 사람이 말했다.

당황한 노빈손은 무의식적으로 뒷걸음질 쳤다. 어떻게든 여길 빠져나가야 한다는 생각밖에 없었다.

뭔가 두둑한 것이 등뒤에서 턱 걸렸다. 뒤를 돌아본 노빈손은 깜짝 놀라 털썩 주저앉고 말았다.

"말… 말숙아."

노빈손을 막고 서 있는 것은 분명 말숙이였다.

"말숙이 좋아하네. 난 스모 선수 트레이너 앙꼬야. 네가 그 유명한 스모 선수 파도치는 뱃살이니?"

그래, 이쯤에서 말숙이가 나올 때가 됐지. 그런데 이런 데서 만나게 될 줄이야.

"말숙아, 아니 앙꼬, 뭔가 착오가 있었나 봐. 난 스모 선수 파도치는 뱃살이 아니라고."

"네 배를 보니까 그런 것 같기도 하다. 똥배가 좀 나오긴 했지만."

"그렇지? 그렇다니까. 그럼 난 가도 되지?"

냉큼 자리를 피하려고 하는데 노빈손을 모래판으로 밀어 넣은 남자가 나타났다.

"이봐, 이 친구가 자긴 파도치는 뱃살이 아니라는데?"

"무슨 소리야, 나보고 급하다고 빨리 출전하게 해 달랬다구."

"그건 그 얘기가 아니라 볼일이 급해서……."

앙꼬가 고개를 끄덕였다.

"그럼 그렇지."

아무리 설명해도 오해는 계속됐다. 두 사람이 하도 파도치는 뱃살이라고 밀어붙이는 통에 노빈손 스스로도 '내가 파도치는 뱃살' 이었으면 하는 생각이 들 정도였다.

"큰 시합을 앞두고 긴장해서 그렇구나. 하지만 그랬다간 우린 팀이 기권패를 당할 거야. 그렇게 질 수는 없지. 만약 시합에 이긴다면 내가 보너스로 뽀뽀해 줄 테니까, 자 힘을 내라고. 호호홋. 자, 어서 가서 잘해 봐. 지면 국물도 없을 줄 알아."

"이렇게 야한 걸 입고 어떻게 싸워? 그리고 난 스모에 '스'

자도 모른다고."

"겸손까지……. 넌 정말 오랜만에 만난 내 이상형이야. 자, 그럼 화이팅!"

앙꼬가 나가지 않으려고 버티는 노빈손의 등짝을 철썩 후려치는 바람에 결국 모래판에 서고 말았다.

"우~우~."

사람들의 함성이 아득해져 왔다. 심판이 경기의 시작을 알리자 상대편 스모 선수가 자리에서 일어났다.

쿵 쿵 쿵—.

지진이 난 게 아니었다. 상대편 선수가 거대한 몸집으로 걸을 때마다 땅이 울리고 있었던 것이다. 수백 년을 넘긴 고목나무 같은 허리둘레의 어머어마한 몸집이 모래판으로 들어섰다.

자리를 가득 메운 사람들은 두 선수의 등장으로 술렁였다. 이치카와 잣 또이치, 그리고 하루키도 노빈손이라고는 상상도 못 한 채 웃으며 경기를 보고 있었다.

"덩치 차이 좀 봐. 거인과 난쟁이의 시합 같다. 근데 저 문어머리 선수 꼭 빈손이 같지 않아? 와하하하핫—."

"설마 빈손이처럼 생긴 녀석이 또 있으려고."

"빈손이 형이 맞아요, 틀림없는 빈손이 형이에요."

하루키가 외쳤다.

"커어어억—."

어른을 위한 인형극, 분라쿠
일본의 전통 무대예술로서, 세계 최초로 어른을 위해 만들어진 인형극이다. 에도 시대에 처음 시작된 것으로 추정되며 교토와 오사카를 중심으로 발전했다. 인형을 다루는 사람은 모두 3명으로 그 중 우두머리는 18세기 의상을 입고 인형의 눈·눈썹·입술·손가락을 움직이며, 2명은 관객의 눈에 띄지 않게 검은 옷과 두건을 쓰고 인형의 왼손과 발을 움직인다.

셋 다 누가 먼저랄 것 없이 동시에 입이 쩌어억 벌어졌다.

꿀꺽—.

노빈손은 마른 침을 삼켰다. 이대로 도망칠까도 생각했지만 말숙이, 아니 앙꼬가 떡 하니 버티고 서 있어 어쩔 수가 없었다. 이대로 있다간 도요토미의 눈에 띄어 다섯 인재를 다 모으기도 전에 잡히고 말 것이다.

상대편 선수가 소금을 움켜쥐고 여기저기에 뿌려 댔다. 노빈손은 상대편 선수가 하는 대로 일단 따라하기로 했다. 노빈손도 소금을 집어 모래판에 뿌렸다.

상대편 선수가 한쪽 다리를 높이 들었다 내려놓고 반대편 다리도 들었다 내렸다. 노빈손도 진지한 표정을 지으며 상대편 선수의 동작을 따라했다.

그리고 심판의 지시에 따라 모래판 가운데에 마주 섰다. 상대편 선수는 노빈손에게 귓속말로 소근거렸다.

"내 별명이 왜 불타는 빨간 장갑인지 곧 알게 될 거다. 크크."

노빈손은 몸이 밀가루 반죽처럼 찌그러지는 장면이 떠올라 몸서리를 쳤다.

또다시 심판이 지시하자 허리를 굽히고 한쪽 발로 모래 바닥을 지지시킨 채 금방이라도 튀어나갈 것 같은 자세를 만들었다. 노빈손도 덩달아 이 포즈를 취했다.

심판의 신호와 동시에 불타는 빨간 장갑이 두꺼운 어깨로

노빈손을 받았다.

붕— 하고 노빈손의 몸이 떠오름과 동시에 모래판에 고꾸라질 듯하다 허부적대며 가까스로 중심을 잡았다.

"저기요, 제가 심장이 약해서……. 그냥 그 쪽이 이긴 걸로 하면 안 될까요?"

"어쭈? 싸우지도 않고 이긴 걸로 해? 날 무시하는 거야, 그런 거야?"

찰싹 찰싹 찰싹 찰싹—.

"아얏 아얏 아얏 아얏—."

모래판에서 밀어내기 위해 사정없는 손바닥 세례가 날아들었다. 노빈손의 몸 여기저기에 불 붙은 장갑을 붙인 것처럼 금세 붉은 자국이 생겨났다. 노빈손은 불타는 빨간 장갑의 손을 정신없이 피해 다녔다.

시합을 보는 관객들은 웃음을 터뜨렸다.

불타는 빨간 장갑은 어느새 노빈손을 모래판의 가장자리로 몰아붙였다. 불타는 빨간 장갑이 입김이라도 불면 빈손은 모래판 밖으로 떠밀려 나갈 판이었다.

덩치가 산만한 스모 선수에게 매미처럼 붙어 고군분투하는 노빈손의 모습은 눈물 없이 볼 수 없는 한 편의 블랙 코미디였다.

"파도치는 뱃살이라고 기대를 많이 했더니……. 별거 아니군. 잘 가라, 애송이."

불타는 빨간 장갑이 노빈손을 밀어내기 위해 마와시를 잡으며 엎드리는 순간 그의 머릿속을 빠르게 스쳐 지나가는 영상이 있었다. 그것은 명절 때면 텔레비전에서 중계되는 천하장사 씨름 대회의 장면이었다. 노빈손은 씨름 팬인 아버지 덕분에 명절날 아침이면 싫으나 좋으나 씨름 대회를 시청해야 했다. 덕분에 노빈손도 씨름 기술을 어느 정도 익혔다.

그런데 지금 불타는 빨간 장갑의 이 자세는 씨름 기술인 호미걸이를 하기에 딱 좋은 자세였던 것이다.

노빈손은 반사적으로 발을 호미처럼 걸고 불타는 빨간 장갑을 살짝 밀었다.

갑작스런 역공으로 기우뚱한 불타는 빨간 장갑은 손쓸 틈도 없이 뒤로 벌러덩 넘어졌다. 육중한 몸이 쿵 하고 넘어가 며 모래가 튀었다.

"와아~."

대단한 장면이 연출됐다.

거대한 골리앗을 넘어뜨린 다윗의 돌팔매를 직접 본 것처 럼 사람들은 놀라워하며 열광했다. 노빈손은 불타는 빨간 장 갑을 넘어뜨리곤 스스로도 놀라 움찔했다.

사람들은 벌떡 일어나 미친 듯이 박수를 치며 갈채를 보냈 다. 잣 또이치와 이치카와, 하루키도 휘파람을 불어 가며 노 빈손에게 박수를 보냈다.

"빈손이 녀석, 정말 종잡을 수가 없다니까―."

불타는 빨간 장갑은 넘어진 채 일어날 줄 몰랐다. 믿을 수 가 없었다. 태어나서부터 스모 신동이라는 소리를 들으며 한 번도 패한 적이 없었는데. 이럴 수가, 이럴 수가―.

저렇게 특이하게 생긴 녀석한테 순식간에 무너져 버리다 니……. 머릿속은 완전히 공황 상태였다.

도요토미 덴뿌라와의 첫 대면

브이 자를 그려 보이는 노빈손에게 환호를 보내고 있는 사람 중에는 도요토미도 끼어 있었다.

앙꼬와 남자는 모래판으로 달려나와 빈손을 헹가래 쳤다.

"한 판 이긴 것뿐인데……. 스모엔 씨름처럼 3판 2승제 같은 건 없어?"

"응, 한 번만 이기면 돼. 너 내가 뽀뽀해 준다니까 이긴 거지? 후훗―. 자, 웅~~."

앙꼬가 두툼한 입술을 내밀었다.

"성의는 고맙지만 난 여자친구가 있는 몸이라고."

노빈손은 기겁을 하며 손사래를 쳤다.

"도요토미 덴뿌라님께서 찾으십니다."

어디서 나타났는지 사무라이 복장의 사내들이 사람들에게 둘러싸여 우승을 기뻐하고 있는 노빈손에게 다가갔다. 그리곤 노빈손의 양팔을 낀 채 끌고 가다시피 어디론가 데리고 갔다.

화려하게 칠해진 다다미 방을 몇 개나 지나서 들어간 방엔 심술이 더덕더덕 붙은 한 사내가 떡하니 앉아 있었다.

"도요토미 덴뿌라님이시다. 어여 인사 드려라."

노빈손은 강압적인 말투에 자신도 모르게 고개를 숙였다.

"어서 와라. 생긴 건 부실하게 생겼는데, 스모 솜씨는 정말 놀랍더구나."

가만 보니 도요토미 옆에 무릎을 꿇고 앉아 있는 카무로의 대장, 와루바시의 모습도 보였다.

"아니, 저 녀석은……."

와루바시가 노빈손을 발견하곤 입에 거품을 물었다.

"어헛, 여기가 어디라고 큰 소리냐? 아는 사이더냐?"

"알고 말구요, 저 녀석은 말이죠……."

"어헛, 스모 챔피언을 저 녀석이라니, 말이 너무 심하구나. 개인적으로 아는 사이라면 따로 아는 척하도록 해라. 오늘은 스모 챔피언 자격으로 나를 보러 온 자리니까……."

"하지만……."

"어헛!"

"알겠습니다. 그렇지만 저 자는……."

"어헛! 혼구멍이 나야 그만하겠느냐."

"알겠습니다."

와루바시는 분해서 돌 지경이었다. 그렇게 찾아도 없던 녀석을 여기서 만나다니 분명 그 장님과 다른 녀석들도 이 스모장 안에 있을 것이다. 보아 하니 도요토미는 노빈손이 누군지 아직 모르고 있는 것 같았다.

노빈손은 마음을 다잡고 빠져 나갈 궁리를 하며, 도요토미의 말을 경청하는 척했다.

"사실 나는 자네 같은 사람을 필요로 하고 있었네. 내 밑에서 일할 기회를 주지. 그 훌륭한 솜씨를 사람들에게서 세금을 거둬들이는 데 써 주게."

가만, 이건 스카우트 제의였다. 도요토미가 보낸 사람들한테 쫓기고 있는 가운데 도요토미한테 스카우트 제의를 받은

일본 주택은 한국에 비해 난방시설이 부실하다. 일본의 겨울이 한국보다 따뜻하고 지진 때 화재 피해를 줄이기 위해서라고 한다. 이러한 이유로 방과 방 사이의 벽도 가벼운 소재를 사용한다. 그래서 방음이 잘 안 되는 편이다. 또한 아파트는 지진 발생 시 쉽게 대피하도록 베란다가 트여 있고, 베란다 바닥에 대피통로가 만들어져 있다.

것이다.

"제가 원래 전공이 스모가 아니라서요. 스카우트 제의는
고맙지만 제가 할 일은 따로 있거든요."

도요토미는 자신의 귀를 의심했다. 지금 천하가 자신의 손
바닥 위에 놓여 있어 다들 자신과 친해지려고 안달인데, 저
생긴 것만큼이나 특이한 스모 선수가 스카우트 제의를 거절
하고 있는 것이다.

"아, 돈을 원하는군. 얼마면 되겠나?"

말은 그렇게 했지만 막상 자신의 금고에서 돈이 나갈 생각
을 하니 도요토미는 배가 아팠다. 연봉을 세게 부르면 좀 깎
아 달라고 해야지, 라고 생각하며 노빈손의 반응을 살폈다.

"돈이 문제가 아니걸랑요. 기다리고 있는 친구들이 있어서 전 이만 가보겠습니다."

역시 예사롭지 않은 성격의 소유자임이 분명했다.

인사를 하고 급히 나가려는 노빈손에게 도요토미는 무한한 애정이 솟아남을 느꼈다. 모든 물질의 욕심을 초월한 그 모습에서.

"잠깐, 그래도 스모 경기에 챔피언이 됐는데 상품은 가져가야 하지 않겠나. 스모 챔피언들만이 입을 수 있는 황금으로 만든 마와시일세."

"감사합니다. 그럼 전 이만─."

노빈손은 황급하게 방을 빠져 나왔다.

"요새 보기 드문 청년이야."

노빈손과 비교하자 자신의 주변에 있는 사람들은 돈을 노리고 붙어 있는 흡혈귀쯤으로 여겨졌다. 저기 앉아 있는 와루바시조차도.

"와루바시, 파도치는 뱃살 선수와는 어떻게 아는 사이지?"

"그 녀석이 제가 보고 드렸었던, 도요토미 덴뿌라님 험담을 벽에다 써놓고 도망쳤던 그 녀석입니다."

"허걱! 뭐시라? 그걸 왜 이제 얘기하는 거야?"

도요토미가 버럭 소릴 질렀다.

"얘기하려고 했는데 도요토미님께서……."

"그렇다고 진짜 말을 안 하고 있어? 내가 내 험담하는 사람

일본 방식의 성묘
일본 사람들의 성묘인 히카마이리는 비석 위쪽에 맑고 깨끗한 물을 부어 주는 것이다. 나무 물통에 길어 온 청정한 물을 나무 손잡이가 달린 국자처럼 생긴 기구로 계속해서 비석 위에 살며시 부어 준다. 이 국자를 '미즈무케' 라고 한다.

제일 싫어하는 거 몰라? 뭐해, 당장 그 녀석을 잡지 않고?"

눈앞에서 범인을 놓치다니 와루바시는 분해서 몸이 떨렸다. 약이 잔뜩 오른 그는 카무로 전체를 소집해 스모 경기장을 빠져 나가는 사람들을 일일이 검문하며 노빈손 일행을 찾았다.

맹인 검객과 함께 다니는 문어머리,
그 외 2명을 반란모의죄로 공개 수배.

맹인과 함께 다니는 사람이 그리 흔하지 않은 터라 노빈손 일행은 금세 발각될 것이 틀림없었다.

"조용히 지나갈 수 있는 일을 긁어 부스럼 만들었잖아? 그러게 왜 스모 시합에 나가, 이 웬수야."

노빈손이 멋쩍은 웃음을 보였다.

"얼떨결에 그렇게 됐어요. 그래도 상품도 탔어요. 이게 유명한 스모 선수들이 대대로 입던 마와시래요. 기념품으로 가져가서 말숙이한테 자랑해야지."

노빈손이 마와시를 걸쳐 보고 들여다보며 구경하자 지켜보던 하루키가 말했다.

"형, 그거 알아요? 마와시는 절대 세탁하지 않는다는 거."

"커어어억. 뭐야? 그게 정말이야? 백 년 묵은 간장 달이는 냄새가 어디서 나더라니……. 으~."

챔피언 벨트는 금줄로

스모 선수는 선수라는 말 대신 역사라는 말을 쓴다. 역사들은 실력에 따라 여러 등급으로 나뉘는데 최고위는 '요코츠나'라고 한다. '요코츠나'가 되면 허리에 새끼줄처럼 굵게 꼰 하얀 밧줄 띠를 맨다. 이것은 9세기 초 천하 으뜸을 자처하던 '하지키미'라는 역사가 씨름 행사에 갔을 때 신전 처마 밑에 매둔 금줄을 제멋대로 떼어 허리에 감싸 맨 데서 유래한다. 이때부터 최강 역사에게는 챔피언 벨트처럼 금줄을 매 주었는데 이 금줄 무게만 해도 무려 10킬로그램이라고.

"지금 그게 중요한 게 아냐. 이러다가 인재를 다 찾기도 전에 도요토미 덴뿌라한테 잡힐지 몰라. 어떻게 여길 빠져 나가지?"

잣 또이치는 마음이 급해졌다.

"너무 걱정 마세요. 뜻이 있는 곳에 16차선 고속도로가 있나니. 포기하지 않으면 방법은 늘 있다니까요. 생각해 보면 분명 무슨 좋은 수가 있을 거예요."

"네가 좋은 생각이 있다고 하면 불안하기부터 한 건 왜일까?"

이치카와가 걱정스런 표정을 지었다.

"이번엔 진짜예요. 이렇게 하면 아무도 우리를 알아보지 못할 걸요?"

노빈손은 수학여행 때 자는 아이들의 얼굴에 낙서하던 실력을 발휘해서 잣 또이치의 감은 눈두덩이 위에다 눈동자를 그려 넣었다. 거기다 이치카와가 구마도리를 응용해 속눈썹까지 그려 주니까 영락없이 두 눈을 부릅뜨고 있는 모양이 되었다.

"이거 내가 그리긴 했지만 정말 리얼하다."

"잣 또이치 할머니, 정말 눈 뜨고 있는 것 같아요."

"눈 뜬 장님 역할도 재미있구나. 이왕이면 쌍꺼풀 있는 눈으로 그려 다오."

밖으로 나가는 유일한 길목을 지키고 있는 카무로 일당들

앞을 지나쳤을 때, 그들은 노빈손 일행을 알아보지 못했다.

"잠깐, 문어머리는 맞는데… 장님이 아니잖아. 지나가쇼."

유심히 잣 또이치를 살피긴 했지만 보초를 서던 카무로들은 그들을 통과시켰다.

노빈손 일행은 스모 경기장을 한참 벗어날 때까지 조마조마 하는 마음으로 뒤도 안 돌아보고 오직 앞을 향해 경보 선수들처럼 걸어갔다.

마침내 경기장이 보이지 않게 되자 일행은 환호성을 지르며 폴짝 뛰어 올랐다.

"얏호—. 작전 성공이닷, 성공!"

모래판의 사무라이라고 들어나 봤나?

모시모시,
여기는 일본이무니다!

왜 이렇게 시무룩하냐고? 나 요즘 부쩍 살이 빠져서 고민이야. 매일 지긴 하지만 그래도 명색이 스모 선순데 너무 핼쑥하면 곤란하잖아. 여전히 뚱뚱하니까 걱정 말라고? 험험, 이 정도로는 어림도 없어. 스모 선수 중에는 80킬로그램 정도 되는 날씬한 사람도 있지만 200킬로그램에 육박하는 사람도 있는걸. 스모는 원래 운동경기라기보다 신에게 바치는 종교적인 행사였는데 지금은 국민들의 사랑을 듬뿍 받으며 일본을 대표하는 국기로 성장했어. 해마다 도쿄를 비롯해 전국을 도는 순회공연이 열리는데 그땐 표를 구하기 쉽지 않을 정도로 스모의 인기는 하늘을 찌른다니까. 나도 지금은 벤치 신세지만 말야, 언젠가는 일본 제일의 스모 챔피언이 될 테니까, 많이 응원해 줘!

우루사와 24시, 스모 선수 생활 밀착 취재

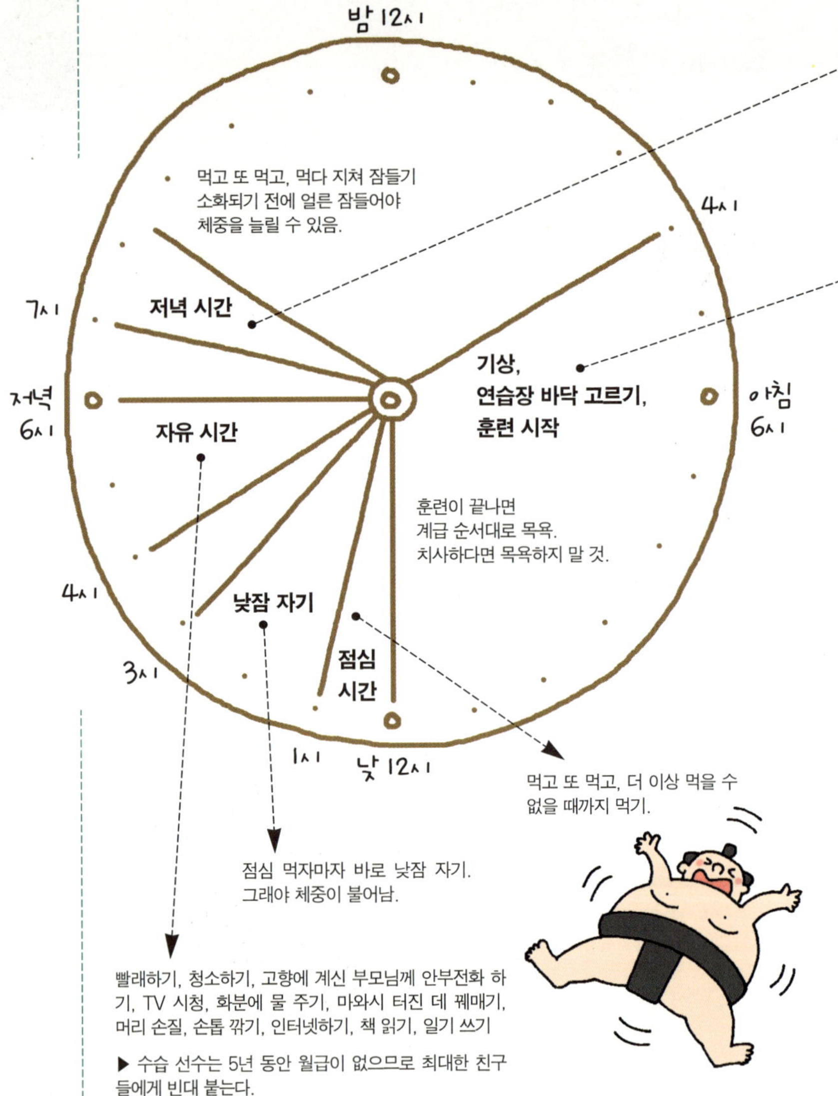

넘어뜨리느냐, 밀어내느냐 그것이 문제로다

스모는 상대방을 넘어뜨리거나 도효 밖으로 밀어내면 이기는 단순한 규칙을 갖고 있는 경기지만, 단 한 판의 승부로 승패가 나뉘기 때문에 정신을 바짝 차리지 않으면 안 돼. 단 한 번으로 진검승부를 겨루는 두 선수, 왠지 모래판의 사무라이 같지 않아?

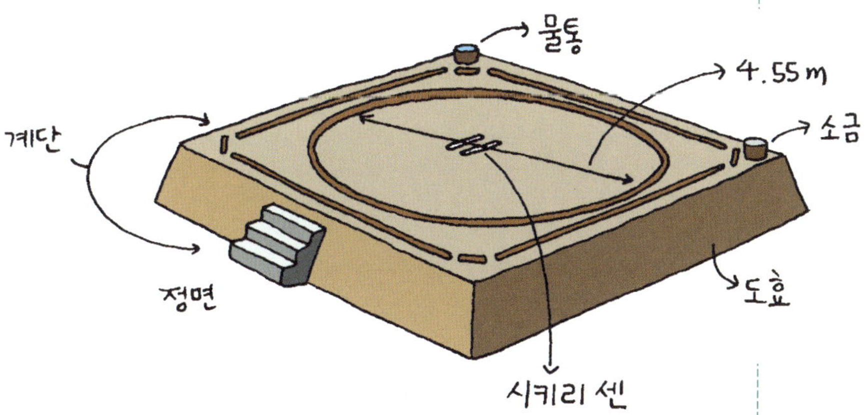

스모 경기 순서

❶ 호명을 하면 도효로 올라가 자기 쪽 코너에서 좌우 양 다리를 옆으로 올렸다가 힘껏 내리 딛는다. 준비운동이면서 상대방에게 힘을 과시하는 동작이므로 되도록 멋지게 연출한다.

❷ 정화수로 입을 헹구고, 화장지로 몸을 닦은 다음 부정을 없앤다는 뜻으로 소금을 뿌린다. 경기의 흐름을 늦추기 위해 3회까지 소금을 뿌릴 수 있다. 집에서 더 가져와도 뿌릴 수 없음.

❸ 도효에 올라와서 상대방 선수를 마주보고 다시 좌우 양 다리를 옆으로 올렸다가 힘껏 내린다. 너무 무리하면 본 경기에서 실력을 발휘할 수 없으므로 유의.

❹ 도효 중앙으로 나와 바닥에 그어진 흰색 선 앞에서 두 주먹을 바닥에 대고 쪼그리고 앉아 준비자세를 취한다. 이 동작을 몇 번이고 풀었다가 취하면서 신경전을 벌인다. 무명이라면 준비 없이 바로 시작할 것.

❺ 대결 : 준비자세에서 몸을 솟구치며 격돌하기. 이때 순발력이 승부를 좌우하지. 자, 이제 마음껏 실력을 발휘해 보는 거야.

▶ 주먹으로 때리기, 머리카락 쥐어뜯기, 급소 공격하기, 양손으로 귀 잡아 당기기, 목 조르기, 손가락 꺾기를 하면 안 되냐고? 정신 차려. 스모는 이종격투기가 아님을 명심해야지.
▶ 경기 도중 마와시가 풀리면 민망할 뿐만 아니라 실격패이므로 반드시 꽉 묶고 입장해야 해.
▶ 승패가 가려지더라도 미소나 찡그림 이상의 감정 표현은 금물. 진 사람을 배려하기 위해서라고 하는군.

씨름 VS 스모, 그때그때 달라요

몽골과 우리나라의 영향을 받은 스모는 보기에도 씨름과 많이 닮아 있어. 하지만, 자세히 들여다보면 차이점이 더 많다는 걸 알 수 있어.

● **머리** 마음대로	● 오이초 – 일명 은행잎 머리, 은행잎 모양으로 말아 올린 머리 (상투의 영향으로 보여짐)
● **복장** 짧은 반바지, 샅바	● 딸랑 마와시 하나
● **경기 전** 동작 없음, 실속파 경기	● 물 마시기, 종이로 몸 닦기, 소금 뿌리기 등등, 볼거리 풍성
● 상대방 샅바를 잡고 시작한다.	● 상대방과 떨어져 시작한다.
● 장외로 나가면 재경기	● 먼저 나간 사람이 진다.
● 3판 2승	● 단판승
● 당기는 기술 중심	● 미는 기술 중심
● 손과 다리를 이용	● 주로 손을 이용
● 이기면 테크노댄스를 춰도 됨	● 이겨도 감정 표현은 금물
● **상품** 황소 한 마리	● 쌀, 사케(쌀로 빚은 술)

4

계란 프라이를 하는 음양사

"그래서, 경기장 안에 있던 그 녀석을 놓쳤다는 거야?"

도요토미가 호통 치자 와루바시가 몸을 움츠렸다.

"나가는 사람들 하나하나 검문했지만 분명 그 노빈손이라는 녀석이랑 장님 일행은 보이지 않았습니다."

"그럼 녀석들이 땅굴이라도 파서 도망갔다는 거야? 내 험담하고 돌아다니는 녀석을 그냥 놓친 걸 알면 사람들이 얼마나 날 우습게 보겠어. 우리 여보야가 이 사실을 알면 얼마나 성질을 내겠냐고!"

도요토미는 요즘 되는 일이 없어 죽을 맛이었다. 자신들을 해방시켜 줄 누군가가 나타날 것이라는 그 빌어먹을 소문 때문에 세금조차 제대로 걷히지 않고 있었다. 거기다 사무라이까지 고용해 추적 중인 노빈손 일행을 눈앞에서 놓치다니. 분해서 돌이라도 씹어 삼킬 수 있을 것 같았다.

"뭐해? 당장 가서 어떻게든 그 녀석들을 잡아 와. 안 그러면 그 나무젓가락 같은 몸을 두 동강 내버릴 테니까."

도요토미가 기분이 안 좋을 때는 접근하지 않는 것이 좋다는 걸 경험으로 너무나 잘 알고 있는 와루바시는 후다다닥 사라졌다.

"또 무슨 일이 있었어요?"

도요토미가 돌아보자 한껏 멋 부린 벤또 부인이 서 있었다.

가혹한 노동과 무거운 조세로 생활이 어려워진 농민들이 토지를 버리고 유랑하거나 도망가는 경우가 속출했다. 더욱이 조정의 재정을 지탱하는 농지가 부족해지자 조정은 개간을 장려하기 위해 어쩔 수 없이 토지의 사유를 인정했다. 이 사유지를 '장원'이라고 하며 헤이안 후기부터 장원은 확장되어 갔다.

“아무 일도 아냐, 일은 무슨. 아랫것들이 너무 무능력해서 내가 야단 좀 치고 있었지.”

노빈손 일행을 코앞에서 놓쳤다는 것을 알면 벤또 부인이 바가지 긁을 것이 뻔하기 때문에 도요토미는 어물쩍 넘겼다.

“어쩜 여보야, 오늘따라 왜 이렇게 뷰티플해 보이는 거야? 당신을 볼 때마다 이런 노래가 생각나. 당신은 사랑받기 위해 태어난 사람, 당신의 삶 속에서 그 사랑 받고 있지요—.”

절대음치인 도요토미의 노래가 울려 퍼지자 벤또 부인은 서둘러 입을 막았다.

“들은 걸로 치죠. 가계부를 쓰다가 열 받아서 잠깐 나왔어요. 당신 이번 달 거둬들인 세금이 지난 달 반도 안 되는 거 알고 있어요? 이런 쥐꼬리만한 세금은 가계부에 대한 모독이야. 난 무능력한 인간이랑은 살아도 가난한 남자와는 살 수 없어. 백성들 피를 말려서라도 돈을 더 긁어와욧!”

벤또 부인의 서슬 퍼런 바가지에 도요토미는 어쩔 줄 몰랐다.

“자기야, 진정해. 그렇게 찡그리다 얼굴에 주름 생겨.”

그때 밖에서 톤이 낮은 저음의 남자 목소리가 들렸다.

“도요토미 덴뿌라 어르신, 저를 찾으셨습니까?”

“드디어 왔구나. 여보, 요즘 당신이나 나나 너무 스트레스를 받아서 말야. 이럴 때일수록 미신에다가 정을 붙이고 어려움을 잘 극복해야 할 것 같아서 음양사를 불렀어.”

벤또 부인은 어이가 없었지만 약간의 호기심이 발동한 터라 지켜보기로 했다.

"동네에서 그렇게 용하다고 소문난 음양사래. 들어오너라."

스르르 발자국 소리도 없이 한 남자가 들어섰다. 폭이 넓은 소매와 머리에 긴 모자를 쓴 남자는 부채로 얼굴을 반쯤 가리고 있었고, 발 끝에 달려 있는 작은 방울들은 그가 움직일 때마다 소리를 냈다.

남자에게선 어둡다 못해 음험한 분위기가 풍겨져 나오고 있었다.

"네가 그렇게 유명한 음양사라고?"

음양사는 대답 대신 싱긋 웃어 보이며 부채질을 했다.

"솜씨를 믿어도 되겠나?"

음양사는 대답 대신 고개를 조금 까딱해 보였다.

"노빈손이라는 녀석과 그 장님이 어디 있는지 알려 다오."

도요토미는 벤또 부인과 자신만이 알고 있는 사실을 음양사가 맞추는지 보기 위하여 질문을 던졌다.

음양사는 눈을 감고 중얼거리기 시작했다.

"츄카피 카피 카피 츄카피 카피 카피—."

음양사는 등에 매고 있던 커다란 프라이팬을 바닥에 내려놓았다.

"음양사가 아니라 영양사 아냐? 프라이팬으로 뭐하려는 거죠?"

의심 많은 벤또 부인이 도요토미에게 낮은 목소리로 물었다.

"쉿, 저 음양사는 계란 프라이를 하면서 점괘를 본대요."

"츄카피 카피 카피 츄카피 카피 카피—."

음양사는 품속에서 계란을 꺼내 프라이를 하듯 톡톡 쳐서 계란을 깼다.

치이이이익—.

밑에 가스레인지라도 있는 것처럼 프라이팬 위의 계란이 지글거렸다. 그런데 더욱 신기한 것은 노른자 위의 색이 검은빛을 띠고 있는 것이었다.

음양사의 얼굴이 창백해졌다.

"오~ 뭔가 심오한 점괘가 나오려나 보군. 뭐라고 나왔나?"

"그게 저⋯⋯."

도요토미와 벤또 부인은 대답을 듣기 위해 음양사 쪽으로 얼굴을 가까이 가져갔다.

"계란이 상했습니다—."

뎅그러러렁 뎅 뎅 뎅—.

벤또 부인이 음양사의 프라이팬을 게다로 걸어차자 프라이팬과 계란 프라이가 저만치 나뒹굴었다.

"그럼 그렇지. 상한 계란 프라이 같은 인간아, 당장 꺼지지 못해!"

음양사는 주섬주섬 프라이팬을 챙겨 뒤도 돌아보지 않고

세계적인 장수 국가 일본

일본은 세계가 인정하는 장수 국가다. 일본 내에서도 오키나와 현은 100세 이상 노인의 수가 400여 명이나 된다. 장수 노인들의 비결을 살펴보면 야채, 어류, 곡류, 두유, 감자류를 주로 먹고 녹황색 채소나 두부를 즐기며 낮잠을 자는 버릇을 가졌다고 한다. 또 규칙적인 생활을 하고 수면과 휴식을 충분히 취하는 게 비결이라고 하니, 에고고, 장수는 어려워.

자리를 떴다.

"당신이 불러들인 음양사가 오죽하겠어. 이런 데 신경 쓸 시간에 세금이나 한 푼 더 걷어욧! 갑부 랭킹 10위에서 밀려나면 그 날로 이혼서류에 도장 찍을 줄 알아. 그리고, 백성들이 목 빠지게 기다리고 있는 그 소문의 주인공을 빨리 잡지 못하면 당신이나 나나 끝이야. 제발 정신 좀 차려. 그래야 두 발 뻗고 잘 거 아냐?"

이혼. 청천벽력과도 같은 소리였다. 벤또 부인을 알기 전까지 너무나 우중충한 세월을 보내온 도요토미 덴뿌라였다. 그녀를 만나고, 그녀의 조언대로 미야자키 하야네 가문을 쳐서 그들이 가진 걸 빼앗은 그 순간부터 하루하루가 너무 행복한 날들이었다. 적어도 그 소문이 돌기 전까지는.

벤또 부인이 시키는 일이라면 물불을 안 가리고 덤벼드는 도요토미는 그녀를 기쁘게 하기 위해 반드시 노빈손 일행을 잡겠다고 결심을 다졌다.

눈에 헤드라이트를 켜고 노빈손 일행을 잡기 위해 혈안이 된 도요토미는 찌르지마쇼만 믿고 있을 게 아니라 노빈손 일행을 직접 찾아 나서기로 마음을 고쳐먹었다. 그렇게 해서 벤또 부인에게 자신이 얼마나 괜찮은 사람인지 꼭 증명해 보이고 말리라.

한 번도 이겨 본 적이 없는 스모 선수

노빈손 일행은 되도록 사람들 눈에 띄지 않게 산길을 따라가고 있었다. 우거진 숲은 일행을 따뜻하게 품어 주듯 너른 잎을 너울거리고 있었다.

시원한 바람은 그들의 이마를 어루만지고 땀을 닦아 주었다. 잠시 그들은 고된 여행에서 기분 좋은 친구를 만난 느낌이 들었다. 하지만 한편으론 이런 잠깐의 평화가 오히려 더 불안했다.

"누군가 미행하고 있는 것 같아. 닌자의 직감은 틀린 적이 없지."

잣 또이치가 걸음을 멈춰 섰다.

"보이지도 않으면서 그걸 어떻게 아세요?"

"땅의 울림이 일정하게 울리는 발자국 소리가 아니란 말이다. 둔하긴."

순간 일행은 걸음을 멈추고 뭔가 다른 소리를 찾기 위해 가만히 귀 기울였다.

"거기 썩 나오지 못할까―."

잣 또이치가 칠십이 넘은 노파답지 않게 우렁찬 목소리로 소리쳤다.

부스럭 부스럭―.

뜻밖에도 수풀 속에서 나온 건 먼지를 잔뜩 뒤집어쓴 하루키였다. 성인 남자들의 걸음을 따라오기에는 벅찼을 하루키의 작은 발은 몇 번을 넘어지고 부딪혔는지 타비에 흙먼지와 피가 너저분하게 엉겨 붙어 있었다.

"하루키! 너 집에 안 가고 여긴 왜 따라왔어? 저 발 좀 봐, 아프겠다. 부모님이 걱정하실 텐데……."

"부모님 안 계세요."

"그래도 집은 있을 것 아니냐."

"집 같은 건… 없어요."

하루키는 어린 나이지만 고생을 많이 한 것 같았다. 조금이라도 아프면 119를 불러 달라는 둥, 앰뷸런스를 불러 달라는 둥 법석을 피우는 노빈손은 하루키의 의젓함에 적잖이 놀랐다. 발에 난 상처쯤은 아무렇지도 않아 하고 있었다.

"사연 없는 사람이 어디 있더냐. 누구나 가슴엔 말 못 할 사정이 있는 법이지."

잣 또이치는 하루키의 얼굴을 손바닥으로 더듬었다. 뭔가 잠깐 놀란 듯 멈추기는 했으나 소년의 골격을 더듬어 모습을 머릿속에 그리고 있는 것 같았다.

"우리를 따라가고 싶으냐?"

하루키가 고개를 끄덕였다.

"힘든 여행이 될 거라는 건 알고 있느냐? 고아라고 너를 불쌍히 여기는 사람을 찾는 거면 다른 데서 알아봐라."

"부탁드립니다."

잣 또이치는 대답 대신 하루키의 머리를 헝클어뜨렸다.

"이치카와, 아이의 발을 붕대로 감아 줘라. 덧나면 큰일이니까. 마침 다리 아팠는데, 잘됐구나. 좀 쉬어 갈까?"

잣 또이치가 더듬어 나무 둥치를 깔고 앉았다.

따악—.

어디서 나뭇가지 부러지는 소리가 들렸다.

"뒤따라오는 건 하루키만이 아닌 것 같은데요?"

재빨리 뒤를 돌아보자 누군가 민첩하게 나무 뒤로 숨었다.
아니 정확히 말하자면 숨긴 숨었지만 덩치가 워낙 커서 머리
만 안 보이고 불룩 나온 배와 엉덩이가 앞뒤로 보였다.

"어이, 거기. 다 보이니까 나오시지."

이치카와의 말에 쭈뼛거리며 나무 뒤에서 덩치 큰 남자가
모습을 드러냈다.

"허걱! 당신은 나를 모래판으로 떠밀었던 그 남자?"

와락—.

스모 선수는 노빈손에게로 달려들었다. 노빈손은 주먹이
날아오는 줄 알고 순간 긴장했다. 한데 스모 선수로 보이는
남자는 빈손 앞에 턱 무릎을 꿇는 것이었다.

"전 한 번도 스모에서 이겨 본 적이 없는 만년 대기 선수
우루사와라고 합니다. 평생 한 번도 이겨 본 적이 없는 스모
를 사람들은 왜 하냐고 하지만 스모는 제 유일한 꿈입니다.
그런데 오늘, 스모 경기 하시는 걸 봤습니다. 정말 대단했습
니다. 스모 선수로서 최고의 자리에 있던 불타는 빨간 장갑
을 손쉽게 이기다니……. 그 기술은 생전 처음 보는 것이었
습니다."

"아, 그거? 씨름이라고 대한민국 전통 경기가 있는데 거기
서 쓰는 호미걸이라는 기술이지."

"씨… 름? 호미걸이? 오~ 그 이름도 오묘한 호.미.걸.
이?!"

노빈손은 자연스레 어깨에 힘이 들어갔다.

암, 스모보다야 씨름이 한 수 위지.

"호미걸이에 반했습니다. 형님한테 씨름을 배우겠습니다. 저를 제자로 받아 주십쇼."

"이눔의 인기는 일본에서도 식을 줄 모르는군."

잣 또이치와 이치카와가 우루사와를 말렸다.

"빈손이처럼 독특한 얼굴이랑 같이 다니는 것도 눈에 띄는데 거기다 덩치가 산만한 너까지…… 미안하지만 그건 곤란해."

"그건 이치카와의 말이 맞다. 사람이 많아지면 움직일 때도 눈에 잘 띄니까 말이다."

우루사와는 풀이 잔뜩 죽었다. 자신의 인생을 송두리째 바꿔 놓은 단 한 번의 호미걸이 기술! 그 기술에 대해 좀 더 알 수만 있다면 무슨 일이든 할 수 있을 것 같았는데…….

우루사와는 마와시를 둘러메고 낙담한 표정으로 왔던 길을 향해 몸을 돌렸다.

"잠깐."

노빈손이 외쳤다.

"아, 깜짝이야. 왜 그래, 뱀이라도 나왔어?"

"저길 봐요."

노빈손이 손 끝으로 가리킨 것은 우루사와가 어깨에 짊어지고 있는 마와시였다. 그 마와시에는 작은 글씨로 '忠'(충)

일본 사람들은 홀수인 1, 3, 5, 7, 9를 좋아하는데 그 중에서 특별히 3이라는 숫자를 더 좋아한다. 3은 재수가 좋고 신비한 숫자로 알려져 있어서 3에 관한 속담도 많은 편이다. 그러나 예외도 있는 법. 셋이서 사진을 찍으면 가운데 사람이 먼저 죽는다는 미신도 있으니 항상 3이 좋은 것은 아니다.

이라고 적혀 있었다.

"마와시에 써 있는 글자는 뭐야?"

"마와시가 섞이면 찾기 힘들 거든요. 다 입어 볼 수도 없고. 그래서 허리춤에 이름을 적어 놓은 거예요."

"우루사와 한자 이름이 뭔데?"

"추!(忠[충]의 일본식 발음)"

노빈손은 휘둥그레진 눈을 하고 물었다.

"충치 하나도 없지?"

"어떻게 아셨어요? 제가 이 하나는 끝내주죠. 매년 건치스모 선수로 뽑혔는걸요."

허걱—.

忠(충), 충치 없는 깨끗한 이를 가진 사람. 네 계절이 함께 공존하는 곳에 사는 사람, 충심이 넘치는 사람.

바로 그 사람이 우루사와였던 것이다.

한밤중에 생긴 일

"미야자키님에 관한 일이라면 무조건 돕겠어요. 아니 도와야만 해요."

우루사와는 아주 어렸을 때 미야자키의 얼굴을 보았지만 한 번도 잊은 적이 없다고 했다.

우루사와의 아버지는 농사일을 하면서 살아가는 자그마한 땅의 소작농이었으나 흉년이 든 어느 해 집주인에게 도둑 누명을 썼다고 한다. 자신의 결백을 주장하기 위해 할복을 했으나, 사람들은 여전히 우루사와의 식구들을 도둑의 처자식이라며 괴롭혔다. 무엇보다 명예를 중요시 여기는 일본 사람으로서는 참기 힘든 모욕이었다. 그때 결백을 입증해 준 사람이 미야자키라는 얘기였다. 집주인의 계략이었다는 것을 밝혀내 아버지는 누명을 벗었으며 도둑의 자식이라는 멍에를 벗을 수 있었다는 얘기였다.

"가야죠. 미야자키님이 아니었다면 우리 식구들은 아직도 도둑의 자식이라는 누명을 쓰고 살았을 겁니다. 은혜를 갚을 기회가 있다면 당연히 나서야죠."

노빈손은 미야자키라는 사람을 본 적은 없지만 이렇게 많은 사람들을 보듬은 걸로 보아 틀림없이 괜찮은 사람이었을 거라는 생각이 들었다.

날이 더 어두워지기 전에 산을 벗어나기 위해 걸음을 재촉했지만 사라져 가는 해의 걸음을 따라잡을 수는 없었다.

타닥 타닥―.

일행은 나뭇가지를 모아 모닥불을 피우고 빙 둘러 누워 잠을 청했다.

잣 또이치는 사람들의 만류에도 불구하고 닌자는 높은 곳이 편한 법이라며 나무 위로 올라갔다. 다들 먼 길을 온 터라

일본인은
한국인의 후예?
미국 캘리포니아 대학 제러드 다이아몬드 교수는 과학전문지 〈디스커버〉에서 '일본인의 뿌리' 라는 논문을 통해, "현재 일본인은 유전학적으로나 골상학적으로 한국 이민족들의 후예임이 분명하다"고 결론을 내렸다. 또한 일본에는 '단군조선' 말기의 영향을 받은 '야요이 문화' 가 있는데 이것은 한민족이 동쪽으로 대이동을 하여 일본에까지 가서 정착하는 단군조선의 역사와 맞아떨어진다. 이 지역에서 출토된 유물들이 그 사실을 증명하고 있다고 한다.

얼마 지나지 않아 낮게 코를 골며 잠에 빠져 들었다.

하지만, 노빈손은 쉽게 잠들 수 없었다. 숲 속에 이러고 있자니 우무베의 미끼로 던져졌던 그 밤이 떠올랐다. 하늘의 별마저 없다면 어디가 하늘이고 어디가 땅인지도 모를 깜깜한 밤이었다. 낯선 나라 일본에, 그것도 쫓기는 몸으로 이렇게 한데에 몸을 누이고 있으려니 자꾸 서글픈 생각이 들었다.

일본 하늘에도 별이 뜨는구나. 말숙이는 지금쯤 뭘 하고 있을까?

노빈손은 저 별은 내 별, 저 별도 내 별 하며 고집을 피우던 말숙이와 함께 별을 헤어 보던 밤이 떠올라 눈물이 찔끔 나왔다.

여행갈 때마다 등장하는 본드 걸 같은 말숙이 말고 대한민국 순토종 오리지널 말숙이가 사무치게 그리웠다.

"형, 울어요?"

하루키도 잠이 안 오는 모양이었다.

"울긴, 그냥 눈에 모기가 들어가서……."

"가족 생각 하고 있었죠? 보고 싶은 사람을 떠올릴 수 있다는 건 정말 행복한 일인 거 같아요. 난 부모님 얼굴을 떠올리려고 해도 본 적이 없어서……."

"너도 잘 생각해 보면 보고 싶은 사람이 있을걸. 가족은 혈육을 나눈 사람이기도 하지만 정을 나눈 사람들도 가족이지 않을까? 널 걱정해 주는 사람들이 있잖아. 가까이에 우리도

일본엔 산이 많고, 높은 편이다. 3,000여 미터를 넘는 산이 무려 30개 정도라고 한다. 우리나라에서 가장 높은 한라산이 1,950미터이니 정말 높은 산이 많은 편이다. 이 산들은 간혹 큰 길을 내는 데 방해가 되지만, 공기도 좋고, 기후도 따뜻하게 해주고, 홍수도 막아 주니 아주 중요한 역할을 하는 셈이다.

있고."

하루키는 잠시 후 돌아누우며 작은 소리로 중얼거렸다.

"…고마워요."

"뭐가?"

"그냥요."

노빈손은 하루키의 돌아누운 등을 토닥여 주며 잠을 청했다. 숲 속의 밤은 그렇게 깊어 갔다.

휘리리리리릭 타악―.

찌르지마쇼는 공중제비를 세 바퀴 돌아 멋진 폼으로 착지했다.

"고도로 숙련된 닌자라는 족속들이 이렇게 방심하고 잠을 자다니……. 나는 진정한 승부를 꿈꾸는 남자, 찌르지마쇼. 어디 한번 겨뤄 보자."

"드르렁 드르렁."

찌르지마쇼는 기가 막혔다. 결투를 위해 이 먼 곳까지 왔는데 자느라 들은 척도 안 하다니…….

"뭐 이런 것들이 다 있어. 야, 일어나! 겨뤄 보자니까."

찌르지마쇼가 이성을 잃고 소리쳤다. 그러나 누구 하나 꿈쩍도 하지 않았다. 잘 때 누가 업어 가도 모르는 노빈손은 침까지 흘리며 달게 자고 있었고, 긴 여행에 지친 다른 사람들도 마찬가지였다.

따아아악―.

일본의 봉건(에도) 시대에 사무라이는 농민이나 상공인이 무례하게 굴었을 때 칼로 베어 죽여도 죄를 묻지 않는 면책권을 갖고 있었다. 기리스테고멘(切捨御免)이라는 면책권을 보면 당시에 사람들이 얼마나 명예를 중요시했는지 알 수 있다.

그때 어디선가 날아온 게다짝이 찌르지마쇼의 머리를 강타했다.

"아얏!"

"조용히 좀 해, 잠을 잘 수가 없잖아."

찌르지마쇼는 머리를 어루만지며 게다짝이 날아온 곳을 향해 소리쳤다.

"오호라, 나무 위에서 잠을 자는 걸 보니 닌자로구만. 어서 내려오시지. 한번 겨뤄 보자. 진정한 승부를 내보자구."

나머지 게다짝이 다시 날아와 머리를 때렸다.

따아악―.

"알았어, 알았다구. 넌 잠도 없냐? 잠 좀 자자, 잠 좀."

잣 또이치는 신경질을 내며 다시 몸을 누였다.

"좋다. 진정한 승부를 위해 오늘 밤은 내가 양보하지. 하지만 내일 반드시 승부를 겨뤄 보는 거다."

상대편이 자고 있을 때 공격하는 일은 너무나 비열한 짓이다. 찌르지마쇼는 그런 치졸한 방법으로 이기고 싶진 않았다. 그러기에 그는 이 시대의 마지막 승부사였던 것이다.

"나를 겁내지 않는 이 사람들, 기가 느껴진다. 이들은 정말 고수일지도 몰라……."

그는 일행이 안 보이도록 숲 안쪽으로 들어가 일행이 깨어나길 기다리기로 했다. 한데 포근한 풀숲에 누워 있자니 그간의 피로가 소리 없이 몰려왔다. 아침까지 잠들지 않으려

했지만 어느새 새우처럼 쭈그리고 그렇게 스르르 잠이 들고
말았다.

그날 밤에도 전설 속의 검객 '눈송이'와 결투하는 꿈을 꾸
었다. 한 번도 본 적이 없는, 신의 경지에 가까운 실력을 지
닌 무사, 그리고 어느 날 돌연 사라져 전설이 되어 버린 무
사. 찌르지마쇼는 그와 승부를 겨루는 꿈을 하루도 걸러 본
적이 없었다.

해는 벌써 중천으로 솟았다. 태양이 정수리를 따뜻하게 비
추자 땀까지 흘리며 자던 찌르지마쇼는 눈을 떴다.

"아아함, 잘 잤다. 드디어 아침이군. 내 이 순간을 얼마나 기다렸는지 모른다. 자, 승부를 겨루자."

찌르지마쇼가 회심의 미소를 지으며 칼을 뽑고 돌아섰으나 아무도 없었다. 늦잠을 자는 사이에 모두들 짐을 챙겨 떠난 것이다.

찌르지마쇼는 순간 멍해졌다.

채식주의자만 사는 마을

"어젯밤에 자는데 누가 말 시키지 않았어요?"

"꿈꿨구나. 나도 어제 비슷한 꿈을 꿨단다. 일어나 보니까 게다가 다 벗겨져 있더라구."

잣 또이치가 이상하다면서 고개를 갸웃했다.

"어머 저도 그런 꿈을 꿨는데……. 누가 결투 어쩌고 한 것 같기도 하고."

하루키도 자신이 꾼 꿈을 얘기했다.

"맞아. 나도 그 꿈이었다."

노빈손도 맞장구를 쳤다.

그러나 어느 누구도 그게 꿈이 아니라 현실이었음을 알지 못했다.

"인에 해당하는 인재랑 충에 해당하는 인재를 찾았으니까 다음엔 누구를 찾으면 되죠?"

"히데요시님이 정정하실 때 온천장을 운영하시는 친구 얘기를 들려 주신 적이 있다. 어려운 일이 생기면 그 친구에게 찾아가 보라고 하신 말씀이 생각 나. 대단히 용기 있는 분이라는 얘길 얼핏 하신 것 같은데……. 지금 생각해 보면 그게 힌트이지 않았나 싶다."

"친구분도 좋지만, 배고파서 더 이상은 못 가겠어요."

우루사와는 갑자기 쿵 주저앉았다. 체중을 늘리기 위해 아침저녁으로 배가 터질 때까지 과식을 하던 습관이 남아 있는 우루사와에겐 한 끼의 금식도 고춧가루 고문만큼이나 가혹한 고문이었다. 한데 어제 저녁부터 쭈욱 굶었으니…….

다른 사람들도 배고픈 건 마찬가지였다.

"나도 못 가겠어요. 밥도 안 주고 일을 시키다니……. 아르바이트생한테 너무하는 거 아니에요? 이건 노동력 착취라구요."

노빈손도 주저앉아 밥을 달라고 시위했다.

"누군 배 안 고픈 줄 아냐? 그럼 일단 흩어져서 먹을 것을 찾아가지고 다시 모이자. 산 속이라 잘 찾아보면 먹을 만한 과일이나 나물들이 좀 있을 거다."

"옙!"

말이 떨어지기가 무섭게 다들 먹을 만한 것을 찾기 위해 산 속으로 흩어졌다. 보이진 않지만 후각이 뛰어난 잣 또이치도 나섰다. 노빈손도 막대기를 들고 여기저기를 뒤적이며

네 발 달린 새 토끼
텐무 천황의 육식금단령 이후 일본 사람들은 토끼를 네 발 달린 짐승 속에 넣지 않았다. 토끼마저 네 발 달린 짐승으로 친다면 영양가 높은 짐승 고기는 어느 것도 먹을 수가 없기 때문이었다. 일본에서 네 발 달린 동물은 한 마리, 두 마리 로 헤아리고, 두 발 달린 날짐승인 새에게는 한 날개, 두 날개 하고 날개로 숫자를 샌다. 사람들은 토끼를 먹기 위해서 토끼를 한 날개, 두 날개 하고 헤아리며 잡아먹었다.

찾아봤지만 이름 모를 열매들뿐, 먹을 만한 것을 쉽게 찾을 수가 없었다.

노빈손은 바닥에 벌러덩 드러누웠다.

"아이고 배고파. 삼겹살에 신김치 한 조각 먹었으면 딱 좋겠다. 흐―."

노빈손은 먹고 싶은 것들을 떠올리다 벌떡 자리에서 일어났다.

"멧돼지나 산토끼를 잡으면 되잖아? 하하, 오랜만에 무인도에서 살았던 실력 좀 발휘해 볼까? 난 내가 봐도 천재라니까."

노빈손은 먼저 웅덩이를 깊게 판 다음 그 위에다 가는 나뭇가지를 얼기설기 놓고, 마지막으로 나뭇잎으로 살짝 덮었다. 그리고 그 위에 미끼로 쓸 열매를 두는 것도 잊지 않았다.

"멧돼지나 토끼가 저 열매를 먹으려고 접근하면 쑥― 밑으로 빠져서 갇혀 버리겠지? 크크, 다들 구워 주면 얼마나 좋아할까?"

숨어서 기다리고 있는데 뭔가 구덩이 속으로 곤두박질치는 소리가 들렸다.

"앗싸! 걸렸구나."

노빈손은 산토끼를 들고 노래까지 부르며 모이기로 한 자리로 돌아왔다.

"다들 아직 안 돌아왔잖아. 하긴 나처럼 사냥 솜씨가 좋을 리 없지. 기다리면서 먼저 구워 놓고 있어야겠다."

지글지글.

맛있는 냄새를 풍기며 토끼고기가 익어갈 때쯤 일행 중 잣 또이치가 제일 먼저 돌아왔다.

"킁킁, 너… 너 지금, 무슨 짓을 한 거냐?"

잣 또이치는 놀라서 말까지 더듬었다.

"놀라실 거 없어요. 제가 사냥 솜씨가 좀 있는 편이죠. 헤헤."

이치카와와 하루키, 그리고 우루사와도 돌아왔다. 품에는 산나무 열매와 나무들이 잔뜩 들려 있었다.

"때마침 잘 왔다. 식기 전에 먹자구. 이게 얼마 만에 먹어보는 고기야."

"빈손이, 너… 너 지금 무슨 짓을 한 거야?"

얼굴이 다들 굳어서 넋이 나간 표정이었지만 배고픈 노빈손은 전혀 눈치 채지 못하고 있었다.

"고마워서 그러는구나. 괜찮아, 뭐 이 정도 가지고. 헤."

노빈손이 토끼의 뒷다리를 쭈욱 뜯어 한 입 베어 물었다.

순간 우루사와가 들고 있던 산나무 열매들을 풀썩— 떨어뜨렸다.

"우린 이제 죽었다."

그때였다. 웅성거리며 사람들이 올라오는 소리가 들렸다.

"이쯤에서 연기가 올라왔으니까 여기 어디 있을 거야. 오호라~ 저기 있구만."

1200년 동안의
육식금단령
일본에서는 텐무 천황이 육식금단령을 내린 이후로 메이지 유신까지의 1200년 동안이나 일반 사람들은 고기를 먹을 수 없었다. 세계 식품 문화사에 이 같은 독특한 역사는 찾아볼 수가 없다. 불교 영향이라고 하는 설도 있으나 그 근거는 희박하며 일본 식문화에 영원한 수수께끼로 남아 있다.

성난 마을 사람들은 노빈손 일행을 포위했다. 정신없이 고기를 먹던 노빈손은 어리둥절할 뿐이었다.

"이런 녀석들은 아주 혼쭐을 내줘야 한다니까."

마을 사람들은 거칠게 노빈손 일행을 결박했다.

"어, 왜 이러세요?"

노빈손은 끌려가는 순간에도 어떻게든 고기 한 점이라도 더 먹기 위해 안간힘을 쓰면서 소리쳤다.

"먹을 때는 개도 안 건드린다는데, 나 그냥 먹게 해 주세유~."

마을로 끌려 내려간 일행은 사람들이 보는 가운데 내동댕이쳐졌다. 사람들의 얼굴은 하나같이 분노에 차 있었다.

“이 사람들 왜 이러는 거야? 혼자 먹어서 삐친 거야? 이유나 좀 알자구요.”

잣 또이치는 노빈손에게 꿀밤을 먹였다.

“그걸 몰라서 물어? 여기 오고 나서 고기 먹은 적 있냐?”

그러고 보니 중세 일본으로 오고 난 후 고기가 들어간 음식을 먹은 적이 없는 것 같았다.

“그런 것 같기도 하고……. 그게 왜요?”

“형님, 육식금단령 때문이잖아요. 고기 육(肉), 먹을 식(食), 쇠 금(金)… 아닌가? 아무튼 짐승 고기를 먹으면 안 된다는 법이 있다구요. 그것도 모르셨습니까, 형님?”

우루사와가 답답해하며 설명을 늘어놓았다.

“모르는 척하지 마. 일반 민중은 짐승 고기를 먹으면 안 된다는 법도 몰라? 어떻게 혐오스럽게 고기를 먹을 수가 있어? 빈손이 너랑 다니면 원래 이렇게 사건이 끊이질 않냐?”

이치카와는 골치가 아픈 듯 머리를 감싸쥐었다.

애늙은이 같은 하루키만이 노빈손을 위로해 줬다.

“괜찮아요, 그럴 수도 있죠. 실수는 인간만이 할 수 있는 특권인걸요.”

“정말 몰랐다구요. 고기를 안 먹으면 그럼 뭘 먹냐구요? 다들 채식주의자예요?”

“생선 먹으면 되잖아. 요즘이 어떤 세상이야? 동물 보호령 때문에 피 빨아 먹는 모기도 함부로 죽일 수 없는 세상인데

개를 사랑하라!
동물 보호령으로 에도(현재 도쿄)에서는 40만 평의 개 사육장을 조성하고 5만여 마리의 개를 키우면서 매일 쌀 3홉과 마른 생선을 먹이로 주었다. 개 호적을 작성해 개가 태어나고 죽는 것을 출생신고와 사망신고로 관리하고 개가 죽으면 장사까지 지내게 했으니 아주 악명 높은 법이라 할 수 있었다. 쓰나요미는 동물 보호령을 계속 유지할 것을 유언했지만 그가 죽자마자 동물 보호령은 폐지되었다.

토끼를 죽였으니 우린 이제 끝장이야, 끝장.”

다른 사람들은 오히려 노빈손이 이해가 되지 않는다는 표정이었다.

마을의 우두머리로 보이는 남자가 다가왔다.

“고기 먹는 것을 금지한 지 1200년이나 되었는데 아직도 고기를 탐하는 사람이 있다니…….”

이쯤되면 비는 방법밖에 없다. 처음부터 알고 그런 것도 아니니…….

“제가요, 뒷다리밖에 안 먹었걸랑요. 그것도 잡혀 오느라 먹다 말았는데. 저의 이 해맑은 얼굴을 봐서라도 한 번만 봐주시면 안 될까요?”

“웬만하면 봐주려고 해도 고기 먹고 있을 때 그 얼굴이 떠올라 안 되겠어. 너희 같은 녀석들은 도요토미 덴뿌라님한테 불려가서 매콤한 맛 좀 봐야 돼.”

사람들은 도망가지 못하도록 노빈손 일행을 빛도 들어오지 않는 창고에 가뒀다.

도요토미를 피해서 겨우겨우 도망쳤는데 이렇게 붙들려 다시 잡혀가다니……. 황당하고 기가 막혔다.

“도요토미 덴뿌라님이 오실 때까지 얌전히 있도록 해.”

문이 닫혔다. 한 줄기의 빛도 들어오지 않는 어두운 창고 속이었다. 모두가 절망의 나락으로 떨어져 내렸다. 이제 조금 있으면 도요토미의 부하들이 들이닥쳐 노빈손 일행을 처

메이레키 대화재
1657년 1월 에도(도쿄)에서는 대형 화재가 발생해 3일 밤낮 동안 불길이 이어져 도시 전체 55%가 소실되고 10만 8,000명이 타 죽었다. 이후 신사나 저택을 교외로 옮기고 시가지를 다시 정비했는데 소방 시설을 제대로 갖춰 놓는 것도 잊지 않았다.

단할 것이다.

이제 모든 것이 끝난 것이다.

숨어 있는 동지들

신음 같은 한탄이 여기저기서 쏟아져 나왔다.

"아이고, 아이고. 히데요시님 얼굴을 어떻게 본다냐~. 내 목숨을 구해 준 은인인데 이렇게 은혜를 갚지도 못하고 가야 하다니."

"목숨을 구하다니, 무슨 일이 있었길래 그래요?"

노빈손이 잣 또이치에게 바짝 붙었다.

"비밀이다, 이 녀석아."

"미야자키 하야네 가문의 재건이 이렇게 물거품이 되다니……. 아직 내 이름을 물려 줄 제자도 찾지 못했는데. 내 팬클럽들은 이제 어떡하냐고."

"나도 아직 호미걸이의 비밀도 풀지 못했는데……. 이렇게 끝나야 하다니. 흑흑—."

노빈손도 덩달아 울컥해서 한마디 했다.

"말숙아, 어쩌면 좋으냐~. 변변한 스시 요리 하나 못 사주고 이렇게 가야 하다니……."

여기저기 꺽꺽 대며 흐느끼고 있는데 문이 벌컥 열렸다.

아스카에는 언제, 누가, 무엇 때문에, 그리고 어떻게 만든 것인지 도저히 알 수 없는 수수께끼의 석조물들이 많이 있다. 최근까지 다양한 설이 제시되었지만 아직 확실한 결론을 내지 못하고 있다. 도깨비 화장실이라는 둥, 원숭이 바위라는 둥, 정원을 손질하기 위해 쓰였다는 둥 추측만이 무성할 뿐. 일본에 가게 된다면 무엇에 쓰는 물건인지 유심히 살펴보고 알려 주길.

노빈손 일행을 가둔 우두머리였다.

"방금 하야네라고 했소? 당신들이 그 분과 무슨 관련이 있는 거요?"

"말하자면 긴데요."

"그럼 길게 얘기해 보시오."

"빈손아, 그만둬라. 도요토미의 부하들에게 무슨 말을 하려는 거냐."

잣 또이치가 노빈손의 말을 막았다.

"밖에서 듣자 하니 미야자키 하야네 가문을 일으킬 사람들이라고 하던데……."

"잘못 들었소. 아니오."

잣 또이치는 단호하게 부정했다.

"지금은 목숨을 부지하기 위해 도요토미 덴뿌라 밑에 엎드려 있는 척하고 있지만 우리는 모두 미야자키 하야네 가문에 속해 있던 사람들이오. 많은 착취와 억압이 우리를 고통스럽게 했지만 우린 믿고 있소. 언젠가 다시 미야자키 가문이 일어설 날이 올 것이라는 것을 말이오. 우리 아이들에게 더 이상 이런 고통을 물려줄 수는 없소이다."

그들의 말엔 진심이 묻어 있었다.

"그러니 어서 사실을 말해 주시오……."

잣 또이치는 고개를 끄덕인 후, 여기까지 오게 된 사연을 구구절절 설명했다. 어차피 도요토미에게 잡혀 갈 거라면 일

무사도
무사도는 가마쿠라 시대에서 발달해, 에도 시대에 유교사상이 뒷받침되며 자리잡게 되었다. 충성, 희생, 신의, 염치, 예의, 결백, 꾸밈없음, 검소 등을 중시한다. 무사도라 불리는 무사의 도덕이 생기기 시작한 것은 에도 시대 초기 무렵이었다. 규율이 없이는 무사들의 생활이나 활동이 제대로 이루어질 수가 없었기 때문에 무사의 도덕이 자연스럽게 생기기 시작했다.

말의 가능성이 보이는 어떤 일이라도 해봐야겠다는 생각이 들었다.

"그렇군요. 역시 우리가 기다리고 있던 그 사람들이었군요. 따라오시오. 보여줄 것이 있소."

그는 노빈손 일행을 또 다른 창고로 데려갔다. 곡식을 저장해 두는 창고인 듯했다. 남자가 천막을 들추자 희뿌연 먼지가 일었다. 먼지가 가신 후 그들 앞에 나타난 것은 놀랍게도 거대한 양의 사무라이 검과 무사의 갑옷, 그리고 창 등의 무기였다.

"와우!"

노빈손의 눈이 휘둥그레졌다.

"미야자키 하야네 가문의 막내아들이 살아 있다는 소식은 우리를 지탱해 준 끈 같은 것이었소. 혹시라도 그 분이 다시 일어서고자 한다면 그때 힘이 되어 드리기 위해 조금씩 돈을 모아 무기를 샀다오."

눈시울이 붉어졌다. 가슴 한 곳이 통증을 느끼다 못해 아파왔다. 그렇게 얘기하는 그의 손과 얼굴은 여위고 피곤해 보였다. 이곳 주민들 모두 그렇게 앙상하게 말라 있었다.

그랬다. 혈세라고 불릴 만큼 무거운 세금을 내야 하는 부담감 속에서도 먹는 것을 줄여 가며, 입을 것을 줄여 가며 금방이라도 쓰러질 것 같은 몸으로, 일반 민중은 무기를 가질 수 없다는 금기를 피해 가며 주군이 다시 일어서리라는 그

희망 하나만으로 이 무기들을 모았을 걸 생각하자 가슴이 뜨거워졌다. 웬만한 일엔 동요하지 않던 하루키가 울고 있었다. 삼켜도 눈물이 얼굴을 타고 내렸다. 누구나 할 것 없이 울고 있었다.

"아흐, 감동이 호미걸이처럼 밀려오는구먼. 흑."

덩치 큰 우루사와도 눈물을 참기 힘들어했다.

"중요한 일을 하시는 분들이라는 걸 미처 알아보지 못해 죄송합니다. 부디 다섯 인재를 꼭 찾아 미야자키 하야네 가문을 일으켜 주시오."

그는 몇 번을 허리 굽혀 인사했다.

"그리고 나중에 그 분을 찾게 되면 꼭 들러 달라고 전해 주시오. 미약하지만 힘이 되어 드리겠다고."

"꼭, 꼭 반드시 그렇게 전하겠습니다."

"중요한 분들이라는 것도 모르고 도요토미한테 신고를 했소이다. 도요토미 쪽의 감시를 덜 받으려면 충복처럼 굴어야 하는 터라. 그들이 오기 전에 어서 자리를 피하시오. 미야자키님의 아들과 다섯 명의 인재를 꼭 찾길 바랍니다."

마을 사람들의 따뜻한 배웅을 받으며 노빈손 일행은 다시 길을 떠났다. 주먹밥을 옥수수 잎에 잘 말아 도시락까지 싸 주며 배웅하는 이들의 마음을 노빈손은 절대 잊을 수 없을 것 같았다. 고기를 좋아하는 빈손에게 채식은 장수의 비결이라며 야채를 한 보따리나 들려 주었다.

158

그 누가 아무리
자기네 땅이라고 우겨도,
독도는 우리 땅~!!!

모시모시,
여기는 일본이무니다!

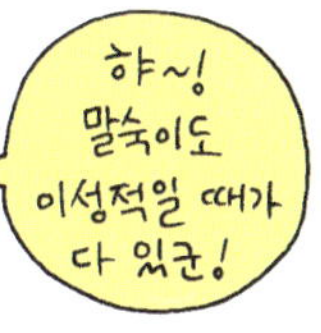

노빈손 〉 안녕하십니까? 저는 〈생방송 100분 토론, 그것을 알려 주마〉의 명 MC, 손석기 아나운서가 휴가 중이어서 자진해서 일일 MC를 맡은 대한민국 대표 미남 노빈손이라고 합니다. 화면으로 보니까 더 멋있지 않습니까? 후훗—, 네? 쓸데없는 소리 하지 말고 얼른 진행하라구요? 흠흠, 네. 오늘은 심심하면 독도

를 자기네 땅이라고 우겨서 우리의 속을 홀러덩 뒤집어놓는
일본 측 관계자를 모시고 속시원하게 그 흑심, 아니 본심을
알아보는 시간 갖도록 하겠습니다.
일본 측 대표로 도요토미 우기기 님이 나와 주셨습니다.

도요토미 〉 안녕이노 하시무니까?

노빈손 〉 네, 우리 측 대표로는 독도를 사랑하는 사람들의
모임, 독사모의 명예 회원이자 독도 수비대에서 맹활약하고
계시는 나말숙 씨께서 나와 주셨습니다, 잠깐, 말숙? 제 여
자친구랑 이름이 똑같네요. 커어억~ 말숙아, 여긴 웬일이
야?

나말숙 〉 웬일은. 독사모 명예 회원으로 가만히 앉아 있을
수가 있어야지. 어서 토론이나 진행하셔.

노빈손 〉 네. 나말숙 씨, 오늘 독도 문제로 심기가 많이 불
편해 보이는데요. (귓속말로) 피디 아저씨, 말숙이 화나면
바로 방송사고로 이어지거든요. 앰뷸런스라도 불러 두세요.
네? 너나 잘하라구요? 험험, 아무튼 독도 문제에 관해 얘기
를 본격적으로 시작해 보겠습니다.

도요토미 〉 에~ 다케시마는 당연히 일본 땅이무니다. 다케
시마는 1905년 2월 22일 시마네 현 고시 40호로 다케시마
를 일본 령으로 한다는 발표가 있었다는 명백한 증거가 서
류로 남아 있습니다. 아니 주인 없는 섬을 먼저 차지한 사람
이 주인이지, 무슨 말이 그렇게 많습니까. 다케시마가 일본
땅이 된 건 100년도 지난 일이고 국제법상으로도 '주인 없

는 땅은 먼저 점유하는 나라가 그 땅의 소유국이 된다'고 했는데 한국 사람 참 말 많스무니다.

 › 저도 MC만 아니면 한마디 하고 싶은데 사회자가 중립을 지켜야겠죠? 나말숙 씨, 한마디 해주시죠.

 › 1905년 독도를 일본 령으로 한다는 발표가 있었다구요? 1904년 강제로 한일협정서를 체결하고 거의 식민지 상태에서 영토를 침략해 얻은 거니까, 독도가 일본 땅이라는 근거가 될 수 없다는 것을 모르시나 보죠. 설사 그렇게 강제로 독도를 차지했다고 하더라도 1945년 해방과 함께 1943년 카이로 선언의 내용에 따라 대한민국 영토로 다시 반환된 것도 당연히 모르시겠죠.

그리고 자꾸 임자 없는 땅, 임자 없는 땅 하시는데……. 누가 그래요, 임자 없는 땅이라고! 삼국사기(512년), 세종실록지리지(1454년), 팔도총도……. 헥헥 말로 설명할 수 없이 많은 고서들이 독도가 대한민국 땅임을 말해 주고 있어요. 더 자세히 얘기해 드려요? 고려시대 김부식이 편찬한 삼국사기에 보면 신라 지증왕 13년(512년)에 이사부가 우산국(울릉도)을 정복한 이후 우산도(독도)도 함께 우리 역사의 한 부분이 되어 신라에게 조공을 바쳤고, 신라가 망한 뒤에는 고려에 토산물을 바쳤다는 기록이 남아 있어요. 100년 전부터 독도가 일본 땅이었다고 하시는데 독도는 1500년 전부터 우리나라 땅이었다는 걸 아셔야죠. 흥~.

 › 오~, 누구 여자친군지 정말 똑똑합니다. 도요토미 씨 하실 말씀 있으십니까?

도요토미 > 헴헴, 에… 역사는 제 전공이 아니라서 잘 모르겠스무니다. 아무튼 다케시마는 일본 땅입니다. 일본은 1618년 도쿠가와 막부가 일본의 어업자들에게 내준 죽도도해면허, 1661년에 송도도해면허를 보면 일본 어선들이 실제로 다케시마 인근까지 가서 조업을 했다는 걸로 알 수 있죠. 다케시마가 일본 땅이기 때문에 그렇게 멀리까지 나가서 어업을 할 수 있었던 거겠죠? 그리고 독도는 한국보다 일본에서 더 가깝스무니다.

나말숙 > 그럴 줄 알고 제가 공부 좀 해 왔습니다. 도해면허의 내용을 보면 이것은 외국무역을 공인하는 증명서로 볼 수 있는데 그렇다면 독도를 외국으로 인식하고 있었다는 얘기가 아닌가요? 만약 일본 땅이라면 굳이 도해면허를 받을 이유가 없을 것 같은데, 안 그래요?

한국에서보다 일본에서 독도가 더 가깝다구요? 그럴 줄 알고 지도를 준비했습니다. 자, 보세요.

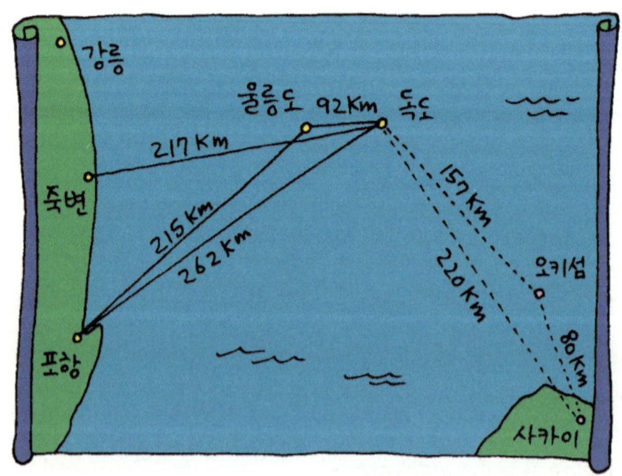

지도를 보면 꼭 그렇지만도 않다는 거 아시겠죠? 그리고 울릉도에서 독도는 육안으로 볼 수 있을 만큼 가깝다구요. 일본에서 독도 보여요? 보이지도 않으면서 거리는 무슨. 그렇게 따지면 하와이는 어째서 미국 땅인데요?

노빈손 > 말숙아, 너 정말 멋있다. 나랑 같이 놀더니 똑똑한 게 옮았나 봐.

나말숙 > 무슨 소리! 너 이만큼 사람 된 것도 내 덕분이란 걸 벌써 잊었어?

노빈손 > 컥─. 아무튼 도요토미 씨 이쯤 되면 독도가 대한민국 땅이란 걸 인정할 만도 한데 어떠십니까?

도요토미 > 인정 못 하무니다. 벌써 포기할 순 없습니다. 1997년 외교백서에서 독도 탈환외교를 정하고 일본 자위대에 1998년 독도를 무력으로 접수하는 해상훈련도 비밀리에 했는데……. 다 물거품이 되게 할 수는 없스무니다. 어머 이건 비밀인데.

노빈손 > 도요토미 씨 독도에 대한 집착을 버리지 못하시는 데에 혹시 다른 이유가 있으신 건 아닙니까?

도요토미 > 그런 거 없스무니다.

나말숙 > 없긴 뭘 없어요. 독도 주변 해역은 플랑크톤이 풍부해 황금어장이라고 벌써 소문 다 났어요. 내가 좋아하는 오징어부터 명태, 미역, 소라, 다시마 등 각종 어류, 해조류가 풍부한 지역이라구요. 그리고 군사적으로 중요한 위치죠. 우리나라에서는 고성능 방공 레이더 기지를 구축해 전

략적 기지로 관리하고 있고 이곳 관측소의 데이터로 러시아의 태평양 함대, 일본 및 북한 해·공군의 이동 상황을 파악해 국가 안보에 필요한 군사정보를 얻고 있어요. 그리고 약 450만 년 전부터 250만 년 전 사이인 신생대 3기에 해저 화산 활동에 의해 생긴 독도는 세계적인 지질 유적인데다가, 진짜 중요한 이유, 하이드레이트가 있다는 거죠!

노빈손 〉 하이드레이트! 그건 마징가 제트의 일종이야?

나말숙 〉 하이드레이트는 메탄이 주성분인 천연가스가 얼음처럼 고체화된 상태로 아주 유용한 자원이야. 이런 해양의 풍부한 자원이 있는 독도를 일본이 배가 아파서 그냥 넘길 리 있겠어? 안 그래요, 도요토미 아저씨?

도요토미 〉 오~ 대한민국 여자들 똑소리 나무니다. 그래도 다케시마는 일본 땅이라고 계속 우길 겁니다. 이렇게 자꾸 문제 삼다 보면 막강한 경제력으로 세계 1, 2위를 다투는 일본의 눈치를 보면서 편들어 주는 나라도 생길 것입니다. 독도가 지금은 대한민국 땅인지 몰라도 이렇게 우기다 보면 언젠가는 일본 땅이 될지도 모를 일 아니겠스무니까? 저 다른 데 가서 또 다케시마가 일본 땅이라고 우겨야 하니까 이만 가보겠습니다. 후닥닥—.

노빈손 〉 도요토미 상~. 벌써 갔네. 쩝—. 아무튼 〈생방송 100분 토론, 그것을 알려 주마〉 독도 편 이것으로 마치겠습니다.

노빈손 〉 말숙아, 너 정말 대단해. 난 네가 욱 해서 주먹이라도 휘두르면 어쩌나 걱정했는데.

나말숙 〉 이런 때일수록 이성적으로 대처해야 해. 이성적이고 단호하고 강하게……. 나비처럼 날아서 벌처럼 쏴야 한다니까. 과거에 그랬던 것처럼 총을 들고 우리 민족을 탄압해 영토를 빼앗지는 않겠지만 눈 멀뚱멀뚱 뜨고 독도를 빼앗기는 사태가 벌어질지 몰라. 정신 똑바로 차려야 해. 알겠지?

노빈손 〉 넵! 알겠습니다. 독도는 우리 손으로 지킨다! 아자! 아자!

5

세기의 검객 대결

휘리리릭 타아아악—.

공중 3회전을 하며 날아온 찌르지마쇼가 멋지게 폼을 잡으며 노빈손 일행을 막아섰다.

"또 만나는군. 이번에는 저번처럼 도망갈 수 없을 것이다!"

"아는 사람이야?"

"아뇨."

다들 모르는 사람이라고 고개를 젓자 찌르지마쇼의 얼굴이 살짝 붉어졌다.

"다들 내가 두려워 모르는 척하고 있군. 난 이런 사람이야."

찌르지마쇼는 다른 무사들과의 결투에서 빼앗은 999개의 칼을 보여줬다.

"칼 장수?"

"바보 같은 것들! 난 진정한 승부를 꿈꾸는 사무라이, 찌르지마쇼. 그 동안 결투로 빼앗은 칼만 해도 999개. 도요토미 덴뿌라에게 들으니 고도로 훈련된 닌자들이라고? 어서 칼을 뽑아라."

"도요토미 덴뿌라가 보낸 사무라이로군."

노빈손은 잔뜩 긴장했다. 도요토미가 보낸 사람이라면 틀림없이 잔인무도한 인물일 것이다. 그리고 상대는 칼을 가지고 있다. 하지만 노빈손 일행 중엔 변변하게 칼을 잡아 본 사람조차 없었다. 잣 또이치가 닌자이긴 하지만 어쩌다 이 세계에 들어선 기운 없는 노파였고, 다른 사람들도 칼에 대해 문외한이기는 마찬가지였다. 잘못하면 많은 사람들이 다칠 수 있겠다는 생각에 긴장할 수밖에 없었다.

노빈손은 일단 대화를 시도해 보기로 했다.

"아저씨, 말로 하시면 안 될까요? 폭력은 폭력을 부르는 법, 평화적으로 해결하자구요. 칼로 일어선 자, 칼로 망한다는 말도 있잖아요."

찌르지마쇼의 날카로운 칼 끝이 노빈손을 향했다.

"지금 나보고 망하라고 고사 지내는 거냐?"

"그럴 리가 있겠어요. 칼 좀 치워 주실래요? 전 어려서부터 뾰족한 것만 보면 눈이 아팠걸랑요. 볼펜 끝도 잘 못 보는 걸요."

찌르지마쇼는 노빈손의 엄살 섞인 얼굴을 보며 자신의 적수가 되지 못한다는 걸 금세 알아차렸다.

"난 개인적으로 너 같은 얼굴을 좋아하지. 나의 잘생긴 얼굴을 더욱 돋보이게 해주거든."

쳇, 뭐 저런 녀석이 다 있담? 한마디 할까 했지만 노빈손은 참기로 했다. 그의 손에 있는 사무라이 칼이 너무 눈부셔 보였으므로.

"나의 상대는 오직 전설 속의 검객 눈송이뿐. 하지만, 이제

세계에서 목욕을 제일 좋아하는 사람들

일본 열도는 화산대에 속해 있다. 그리고 화산 활동으로 각지에 온천이 솟아난다. 물의 양은 어쨌든, 그 수에서는 세계 제일을 자랑한다. 현재 일본의 온천은 약 2,200군데나 된다. 처음 온천의 모습은 저절로 솟아나는 뜨거운 물을 돌로 둘러싼 작은 웅덩이에 불과했다. 마을 사람이나 지나가는 나그네가 땀을 씻어내고 몸을 쉬기 위해 뜨거운 물이 솟아나는 곳 주변에 작은 웅덩이를 만들면서 온천이 시작되었다는 설이 있다.

천 개의 칼을 채워 내가 전설이 되겠다. 누가 먼저 덤빌 테냐."

따악—.

어디선가 날아온 돌멩이가 찌르지마쇼의 머리를 가격했다.

"아얏, 누구얏! 흠, 이제 보니 그날 밤에도 날 게다짝으로 때린 그 할망구로군. 겁도 없이 어딜. 눈에 뵈는 게 없나?"

"그래, 나 장님이라 눈에 보이는 게 없다. 장님이 던진 돌멩이 하나 피하지 못하면서 어디다 칼을 휘둘러? 갈 길이 급하니까 그만 비켜 주지. 그리고 목소리를 듣자 하니 나이도 얼마 안 먹은 것 같은데 어디다 대고 반말이냐, 이 녀석아. 게다짝으로 또 한 번 맞아 봐야 정신을 차리겠냐?"

잣 또이치가 호통치자 그 당당한 기백에 놀란 찌르지마쇼가 움찔 하며 머리를 감쌌다.

"망할 놈의 게다짝 좀 그만 던져. 어제 맞은 데가 아직도 욱신거린다고. 앞 못 본다고 봐주진 않을 테니까 섭섭해하진 말라고, 할멈. 어서 칼을 뽑아랏! 진정한 승부를 가려 보자."

찌르지마쇼는 잣 또이치 앞으로 다가섰다.

"이제 보니 난 앞 못 보는 장님이고 네 녀석은 승부에 눈이 먼 장님이로구나."

"지금 누굴 장님 취급해? 능글거리지 말고 어서 칼이나 뽑으시지. 안 그랬다간 여러 사람이 내 칼 끝에 놀아날 테니까."

"휴우—."

잣 또이치는 할 수 없다는 듯 자세를 바로 잡고 칼 손잡이를 감싸쥐었다. 노빈손은 잣 또이치가 걱정이 돼서 그대로 보고 있을 수만은 없었다.

"그냥 칼을 버리세요. 설마, 칼을 버렸는데 공격하겠어요? 그러다 정말 다친다구요, 할머니."

"닌자가 칼을 버리는 건 목숨을 버리는 거랑 같지. 내가 늙어 죽어 무덤에 들어간다고 해도 난 닌자다. 쉽게 칼을 버릴 수는 없어. 허, 꼬박 삼십 년 만에 뽑아 보는 칼이구만."

스으으윽.

잣 또이치의 칼이 칼집을 벗었다. 삼십 년 만에 칼집을 벗어나는 칼이긴 하나 시퍼렇게 날이 서 있었다.

긴 칼을 들고 있는, 주름이 자글자글한 잣 또이치의 팔에 힘줄이 불뚝 솟아올랐다. 하지만 노빈손이 보기엔 칼을 들고 있는 것조차 힘겨워 보였다.

마주 선 잣 또이치와 찌르지마쇼는 칼을 단단히 고쳐 쥐었다.

모두 숨을 죽이고 두 사람의 움직임을 주시했다. 서로의 허점을 탐색하듯 원을 그리며 천천히 돌기 시작했다. 두 사람 주위로 나뭇잎 하나라도 떨어지면 폭발해 버릴 것 같은 팽팽한 긴장감이 감돌았다.

맹인과 최고의 검객. 이 자체로만 보면 이미 승부는 결정이 나 있는 듯했지만 잣 또이치에게서 풍기는 무언가가 승부를 예측할 수 없게 만들고 있었다.

171

"히얏."

타다다닥— 휘리리릭—.

찌르지마쇼가 특유의 공중 3회전을 하며 잣 또이치의 허리께로 파고들었다. 긴 칼 끝은 잣 또이치의 허리를 관통할 것처럼 곧장 날아들었다.

잣 또이치의 구부정한 허리가 순간 쭈욱 펴지는가 싶더니 뒤로 꺾으며 재주를 넘어 찌르지마쇼의 공격을 막아냈다. 웬만한 요가 선수 뺨치는 유연성에 노빈손 일행은 입이 쩌어억 벌어져 다물어질 줄 몰랐다.

다시 곧바로 칼 끝을 돌린 찌르지마쇼는 이번엔 잣 또이치의 다리를 공격하고 있었다. 찌르지마쇼의 칼이 잣 또이치의 발등을 내리찍었다.

"으아악~."

지켜보던 이들은 소리를 지르며 눈을 질끈 감았다. 상상하기도 싫은 끔찍한 광경이 펼쳐져 있으리라. 노빈손은 두근대는 가슴을 진정시키며 살짝 샛눈을 떴다.

웬걸, 잣 또이치는 인라인스케이트 선수라도 되는 것처럼 미끄러지듯이 칼 끝을 피해 다니고 있었다.

"이제야 상대를 제대로 만났군. 그 동안 너무 시시한 상대들이랑 싸우느라 하품이 났었는데……. 이거 정말 싸울 맛 나는군."

찌르지마쇼는 그 동안 몸 여기저기에 달고 있던 모래주머니를 풀어 놓았다. 모래주머니를 내려놓은 찌르지마쇼의 몸놀림은 훨씬 더 가볍고 날렵해졌다.

"진짜 승부는 이제부터다— 에잇—."

다다다다다닥—.

무서운 속도로 달려들어 검을 휘두르는 찌르지마쇼의 몸놀림은 깃털처럼 가볍고 장맛비처럼 거침없었다. 소리만으로 상대의 움직임을 읽는 잣 또이치는 빨라진 그의 몸놀림으로 인해 당황하는 기색이 역력했다. 찌르지마쇼의 현란한 칼솜씨는 잣 또이치 주변의 공기를 쉴 새 없이 가르고 있었다. 넘어질 듯 쓰러질 듯 휘청거리는 잣 또이치는 겨우겨우 그의 칼을 피하기에 급급했다.

하지만 조금만 더 가까이에서 이들의 승부를 지켜본 사람이라면 알 수 있었을 것이다. 겉으로는 잣 또이치가 찌르지마쇼에게 밀리고 있는 것처럼 보이지만 놀랍도록 유연한 꼬부랑 허리로 잣 또이치가 검을 피하고 있다는 사실을. 찌르지마쇼의 칼을 피해 발을 옮기는 것이 아니라 잣 또이치가 미리 그의 칼을 앞서 피하고 있다는 것을 말이다. 잣 또이치는 검의 움직임을 읽고 있었던 것이었다.

찌르지마쇼는 숨이 차 오기 시작했다. 아무리 칼을 휘둘러도 눈앞에서 사라지는 신기루처럼 잣 또이치는 그렇게 계속 멀어져만 가고 있었다.

당황한 찌르지마쇼는 검객으로서 지켜야 할 가장 중요한

마굿간에서 태어난 왕자, 쇼토쿠

쇼토쿠 태자는 어머니가 마굿간에서, 정확하게는 마굿간 앞을 지나다가 낳았다고 해서 우마야도, 즉 마굿간 왕자라 불렸다. 그러나 이에 대해서는 기독교가 전파된 이후에 지어낸 이야기라는 해석도 있다. 태자는 생후 4개월부터 말을 하고, 동시에 10여 명과 대화를 나눌 수 있는 비범한 인물이었다고 한다. 물론 그의 비범함을 강조하기 위해 지어낸 것이겠지만. 쇼토쿠 태자는 훗날 아스카 문화를 꽃피운 주역이 되었다.

평상심을 잃고 마구잡이로 칼을 휘두르기 시작했다.

"진정한 승부고 나발이고 어떻게 해서라도 이기고야 말겠어. 요망한 늙은이, 이야야야앗—."

찌르지마쇼가 잣 또이치의 심장을 향해 깊숙이 칼을 찔렀다.

그러나 몸을 살짝 옆으로 틀어 가볍게 피한 잣 또이치는 손 끝으로 칼 끝을 툭 퉁겼다. 그러자 칼 끝은 단단한 돌멩이에라도 부딪힌 것처럼 제멋대로 휘어지면서 요란스럽게 진동했다.

칼이 요동을 치자 이를 쥐고 있던 찌르지마쇼도 중심을 잃고 같이 휘청거렸다. 바로 그 때를 놓치지 않고 잣 또이치는 찌르지마쇼의 검을 날려 버렸다.

툭!

공중에서 회전하며 떨어진 찌르지마쇼의 칼이 땅에 꽂혔다. 옆에서 지켜보던 사람들에겐 찌르지마쇼가 실수로 검을 놓쳐 버린 것처럼 보이는 짧은 순간이었다.

놀랍도록 정확하고 과감한 진검 승부의 한 장면이었다.

"얏호! 이겼다. 잣 또이치 할머니가 이겼어."

"천장에서 주무실 때부터 알아봤다니까."

"저 연세에 어디서 저런 유연성이……. 할머니 은근히 몸짱이셔."

모두가 감탄하며 달려나와 기뻐했다.

"아이고 허리야, 찌르지마쇼가 실수해서 얼떨결에 이긴 거지. 앞 못 보는 늙은 장님이 무슨 수로 저런 젊은이를 상대하겠어?"

"짐작했지만 역시 대단한 솜씨였어. 패배를 인정하지. 패자는 죽어서도 말이 없는 법, 어서 나를 죽여라. 이렇게 패배자의 모습으로는 살아갈 수 없어. 어서!"

찌르지마쇼는 목을 내밀었다.

"죽은 사람 소원도 들어준다는데 산 사람 소원 못 들어주겠어? 그렇게 소원이라면……."

휘이이익—.

잣 또이치의 칼이 허공을 가르며 찌르지마쇼의 목을 그었다.

"커어어억. 그렇다고 정말 목을 베다니……."

목 뒤를 가르는 서늘함을 느낀 찌르지마쇼의 온몸의 털이 쭈뼛 곤두섰다.

이제 죽었다고 생각하며 더듬더듬 목을 만져 본 찌르지마쇼는 깜짝 놀랐다: 목이 멀쩡했던 것이다. 잣 또이치의 검은 역날 검, 그러니까 칼날과 칼등의 방향을 반대로 해서 살기 없이 휘두른 검이었던 것이다.

너무 순식간에 벌어진 일이라 찌르지마쇼는 말도 제대로 나오지 않았다.

"승부에 미친 듯이 집착하며 살던 너는 이 자리에서 죽었어. 이제 어떻게 살 텐가? 그렇게 집착하던 진정한 승부가 대체 뭐라고. 이긴다고 다 승자가 아니고 진다고 다 패자가 아니야. 눈에 보이는 게 전부가 아니라는 걸 왜 몰라, 이 애송이 닌자야."

찌르지마쇼는 충격을 받은 건지 감동을 받은 건지 털썩 주저앉아 어깨를 떨고 있었다.

"가끔 잣 또이치 할머니는 정말 멋진 말을 한단 말야. 물론 아주 가끔이긴 하지만. 누구 볼펜 없어요, 볼펜? 좀 받아 적게."

노빈손은 괜히 볼펜을 찾는 척 너스레를 떨었다.

"뭐해? 죽은 사람은 여기 남겨두고 어서 가자고."

잣 또이치가 일행을 재촉했다. 다들 주섬주섬 짐을 다시 챙겼다.

유연성 넘치는 화려한 승부를 끝낸 사람 같지 않게 잣 또이치의 허리는 또다시 여느 꼬부랑 할머니들처럼 구부러져 있었다.

"할머니, 그렇게 잘 싸우시면서 왜 진작 찌르지마쇼 녀석 코를 납작하게 만들어 주지 않으셨어요?"

노빈손은 어린아이처럼 들떠 잣 또이치 동작을 흉내내며 따라했다.

"이 녀석아, 칼로 일어선 자, 칼로 망한다고 네가 그러지 않았어?"

"아~ 그랬지."

노빈손은 머리를 긁적였다.

다들 흐뭇한 얼굴로 걸음을 옮기려는데 쓰러져 있던 찌르지마쇼가 다시 이들을 가로막았다.

"나는 당신 때문에 죽고 다시 태어났습니다. 이제부터 시작되는 별책부록 같은 인생을 새롭게 쓰고 싶습니다. 저를 거두어 주십시오. 저에게 가르침을 주십시오."

일본 사람들은 왼쪽 발을 들고 있는 마네키 네코는 손님을 부르고, 오른쪽 발을 들고 있는 것은 복을 가져다 준다고 믿고 있다. 이것은 옛날 일본에서 한 무사가 고양이가 부르는 손짓에 이끌려 절에 들어가게 되었는데 이 때문에 위험한 일을 피했다는 이야기에서 시작되었다고 한다. 마네키 네코는 흰색과 검은색이 있는데 흰색은 복을 부르고, 검은색은 나쁜 일이 생기지 않도록 해준다고 믿고 있다.

만담열전 라쿠고
익살스런 내용을 재미있게 이야기하여 청중을 즐겁게 하는 일본의 대표적인 전통적 독백희극을 '라쿠고'라고 한다. 기모노를 입고 방석에 앉아 부채나 수건을 이용하여 해학적인 이야기를 한다. 여러 사람의 목소리를 내며 손짓, 몸짓, 표정 등으로 관중을 즐겁게 한다. 화제로는 연극, 음악, 괴담, 세상사 등이 다루어지고, 요즘에도 높은 시청률을 자랑하는 TV 고정 프로그램을 가지고 있을 정도로 서민들에게 큰 인기를 누리고 있다.

찌르지마쇼는 무릎까지 꿇어 가며 잣 또이치에게 호소했다.

"잣 또이치 할머니, 어떡하실 거예요?"

노빈손이 묻자 잣 또이치는 듣는 둥 마는 둥 하며 앞서 걸어 나갔다.

"아무튼 성격 안 좋은 애들은 살려 줘도 그 성격 못 버린다니까. 따라가겠다는 사람을 어찌 내치겠냐. 갈 길이 멀다. 어서 나서지, 뭣들 해."

울상이던 찌르지마쇼의 얼굴이 환하게 펴졌다.

노빈손 일행은 이제 새로운 출발을 결심한 찌르지마쇼에게 응원을 보냈다.

"인생은 한 편의 연극, 자네는 새롭게 시작되는 인생의 신인배우야. 잘해 보라고."

"검 대신에 씨름을 배워 보는 건 어때? 자네도 호미걸이 한번 보면 반하고 말걸?"

"인류를 불행의 구덩이로 몰아넣은 폭력에서 헤어나신 걸 축하드립니다."

한때 칼을 겨누었던 자신에게 이런 따뜻한 인사를 건네는 이들의 너그러운 마음에 찌르지마쇼는 얼굴이 또 한 번 살짝 붉어졌다.

"험, 뭐 이렇게까지 환영을 해주실 필요 없는데……."

"그런데 그 검술은 어디에서 배운 거야? 잣 또이치 할머니한테 지긴 했지만 정말 훌륭한 솜씨였어. 아까는 정말 무협지 주인공 같더라니까. 소림사에라도 들어갔다 온 거야? 칼 들고 하늘을 날기도 하고. 혹시 손에서 장풍도 나오냐?"

노빈손은 침을 튀겨 가며 찌르지마쇼의 칼 솜씨를 칭찬하고 물었다.

진정한 승부에 대한 집착을 버렸다고는 하나 칭찬에 우쭐해진 찌르지마쇼는 말문을 열었다.

"소림사는 무슨, 여기가 중국이냐? 이게 다 독학으로 배운 솜씨 아니겠어. 우리 엄마가 나를 가졌을 때 우리 집이 발칵 뒤집어졌었지. 하늘로 승천하는 푸른 용을 단칼에 벤 소년이 용 머리를 안고 엄마 품으로 들어오는 꿈을 꿨다는 거 아니겠어? 캬아, 사람들은 무술계의 신동이 태어났다고 흥분했었지. 배우는 것마다 단숨에 마스터해서 바람의 검신이라는 칭찬도 참 지겹게 들었었어. 겁 없던 시절이었다고나 할까? 전설의 검객 눈송이를 만날 날을 고대하며 고독을 삼키고 진정한 승부를 꿈꾸었었는데…… 욕심을 버린 지금은 아주 까마득한 옛날 일처럼 느껴지는군."

찌르지마쇼는 어딘가를 응시하며 멋진 포즈를 연출해 보였다.

우뚝─.

앞서 걷던 잣 또이치가 걸음을 멈췄다. 다른 사람들도 동시에 멈춰 서며 천천히 찌르지마쇼를 가리켰다. (이 동작은 앞에서도 보았겠지만 다섯 사람 중 하나를 찾았을 때마다 등장하는 단체 동작이다.)

"용의 머리를 쥔 남자! 그 용(勇)이 너였구나!"

"오잉, 뭔 소리야?"

영문을 몰라 멀뚱거리는 찌르지마쇼의 눈과 모래사장에서 바늘을 발견한 듯 반짝이는 눈들이 교차했다. 드디어 다섯 번째 인재 중 세 번째 인재를 찾은 것이다.

미야자키의 마지막 핏줄

"미야자키? 그게 누구야? 난 그런 이름 들어 본 적도 없는데."

찌르지마쇼는 처음 들어 보는 이름이라고 했다. 하지만, 자신은 잣 또이치와 언젠가 다시 한 번 승부를 내기 위해 여행에 반드시 동참해야만 한다고 우겼다. 그리하여 어쨌든 히데요시가 말한 세 명의 인물을 찾아냈다.

묵직한 산의 움직임을 연상시키는 인물 충(忠) 우루사와, 백 년을 산, 그리고 앞으로 오백 년을 넘게 살 인물 인(仁) 이치카와, 용의 머리를 쥔 날쌔고 용감한 인물 용(勇) 찌르지마쇼, 그리고 잣 또이치와 하루키, 노빈손까지. 여섯 명이 가는 길엔 두려울 것이 없었다.

비록 아직 두 명의 인재를 찾지 못했지만 이것이 미야자키 하야네 가문을 일으키는 일의 시작이 될 것임을 아무도 의심하지 않았다. 그리고 누구도 말하지 않았지만 도요토미와의 피할 수 없는 대결이 임박해 오고 있다는 것도 모두 직감적으로 알고 있었다.

미야자키 하야네의 남아 있는 혈족을 찾기 위한 도요토미의 광폭함은 날이 갈수록 더해지고 있었다. 닥치는 대로 아이들을 잡아들였고, 사람들을 향해 분노의 채찍을 휘두르고 있었다. 서둘러야 했다. 더 많은 사람들과 아이들이 희생되기 전에 어서 미야자키 하야네의 마지막 혈족을 찾아내야 했다.

노빈손 일행은 후지산을 넘고 허연 김을 뿜어내는 온천장에 들러 히데요시의 친구를 만나 미야자키 하야네의 아들을 맡겨 두었다는 곳을 알아냈다. 그 곳은 작은 사찰이었다.

규모가 작은 곳이지만 전통이 있는 곳인지 경내의 나뭇가지에는 소망을 기원하며 묶어 둔 오미쿠지 종이가 흰 꽃처럼 줄줄이 매달려 있었다.

노빈손은 바람에 살랑거리는 오미쿠지를 보면서 이것을 달고 간 이들의 소망이 모두 이루어졌으면 하는 생각을 잠깐 했다.

"무슨 일로 오셨습니까?"

"이곳이 십여 년 전에 히데요시님이 다녀가신 곳이 맞죠? 히데요시님이 맡겨 두신 불꽃을 찾으러 왔습니다."

잣 또이치가 조심스럽게 말했다. 혹시라도 생길지 모르는 일 때문에 말을 아끼고 있었다.

"이곳으로 오시지요."

얼굴이 맑아 보이는 스님은 일행을 정중히 안내했다.

두근 두근 두근—.

노빈손은 배고플 때 주문한 피자를 받아 볼 때보다 더 가
슴이 뛰었다. 드디어 미야자키 하야네의 유일한 혈족을 만나
는 순간이 온 것이다. 고통당하고 있는 많은 사람들과 아이
들을 구해 줄 희망이 될 그가 어떤 모습을 하고 있을지 모두
가 숨을 죽이고 스님의 뒤를 따랐다.

스님이 안내한 곳은 사찰의 뒤쪽에 있는, 은은한 분위기가
풍기는 사당이었다. 뜻을 알 수 없는 한자와 함께 향대가 조
용히 타고 있었다.

"이 냄새는⋯⋯."

"이럴 수가."

"신이시여."

철퍼덕.

노빈손을 제외한 모든 이가 휘청거리듯 주저앉았다.

"떨려서 그러죠? 다들 소심하시긴. 하긴 나도 막 떨리는 거 있죠? 어떻게 생겼을까? 정말 궁금하네. 나처럼 미남이면 좋을 텐데⋯⋯. 이럴 줄 알았으면 우황청심환이라도 먹고 올걸."

노빈손은 어서 오늘의 주인공이 나타나길 기다리며 두 눈을 크게 떴다.

"빈손아, 어쩜 그리 모르냐? 여긴 죽은 사람을 모시는 사당

183

이야. 한마디로 한 편의 연극 같은 인생이 막 내렸다는 거지.”

“이럴 수가, 그렇게 애썼는데. 정녕 히데요시님 가슴의 한을 못 풀어 드리게 되다니……. 흑흑.”

“하야네의 후손만을 기다리고 있는 사람들은 이제 어떡하라고……. 꺼이 꺼이.”

덩치 큰 우루사와도 이치카와도 잣 또이치도 망연자실하게 주저앉고 말았다.

그제서야 상황을 이해한 노빈손은 머리를 세게 얻어맞은 것 같은 충격을 느꼈다.

“말도 안 돼. 모두가 그렇게 애썼는데……. 이렇게 죽어 버리다니. 너무해. 조금만 더 버티지. 조금만 더 살아 있지. 이제 아픈 히데요시 할아버지랑 사람들은 어쩌라고.”

노빈손도 주저앉고 말았다. 그 힘든 여행길이 이렇게 물거품이 되어 버리다니, 이렇게 작은 암자에서 숨어 지내다가 죽은, 얼굴도 모르는 하야네의 아들이 너무나 불쌍했다. 잣 또이치의 주름 가득한 손등에 눈물이 떨어졌다.

이건 너무나 비극이었다. 그렇게 많은 사람들의 염원이 이렇게 사라져 버리다니. 지독한, 정말 지독한 비극이었다. 알고 보면 눈물이 많은 찌르지마쇼는 모두 슬퍼하자 덩달아 눈물을 찍어냈다.

일본에서 나 모르면 간첩이지~

모시모시,
여기는 일본이무니다!

휘리릭 휘리리릭 타아악~ 나야, 찌르지마쇼. 오늘도 진정한 승부를 찾아 떠돌아 다녔건만 나의 적수를 찾지 못했지. 사실 난세에 영웅이 난다고, 난 시대를 잘못 타고 태어났어. 전국 시대에 태어났으면 나도 수많은 명장들 틈에 낄 수 있었을 텐데……. 아깝다, 아까워. 특히, 전국 시대에 일본 천하를 두고 겨뤘던 사람 중에 아직까지도 일본인들의 사랑을 받고 있는 인물들이 있지. 나처럼 개성이 뚜렷했던 세 사람을 소개시켜 줄 테니까, 잘 기억해 두라고. 휘리릭 휘리리릭 타아악~.

신발 하나 품었을 뿐인데……. 도요토미 히데요시

이름 : 도요토미 히데요시(1536~1598년)
별명 : 고자루(원숭이가 친구 하자고 할 정도로 닮았음)

난 원래 천한 천민 출신이었어. 어려서부터 고생이란 고생은 다 하고 자랐지. 무거운 짐을 지고 다니기 힘들어서 바늘 장사했었는데, 사람들은 그런 나를 꾀쟁이라고 부르더군. 추운 겨울, 오다 노부나가가 장군의 신발을 담당하는 심부름꾼으로 아르바이트를 했었는데 말이야, 신발이 얼어 있길래 장군의 신발을 품고 있다가 따뜻해진 다음 내놓았지. 어땠겠어? 감동의 도가니탕이었지. 미리 계획한 거 아니었냐고? 글쎄 상상

에 맡기겠어. 그리고 바로 정직원으로 스카우트돼서 한 부대의 부장으로 승진했잖아. 인생은 역시 센스 있게 사는 자에게 복을 준다니까. 그 이후로 탄탄대로가 따로 없었어. 전국 통일의 걸림돌이었던 영주들에게 차례로 항복을 받아내 전국 시대 100여 년간 혼란스러웠던 일본을 통일했지. 내가 큰 인물이 될 수 있었던 건 죽을 때까지 책 한 권 읽지 않아서야. 책은 정말 질색! 덕분에 글 한 자도 못 쓰고, 지금도 더듬더듬 몇 자 겨우 쓴다니까. 앞으로 나처럼 큰 인물이 되고 싶으면 책,책,책! 책을 멀리 하라고. 대한민국 사람들은 임진왜란, 정유재란을 일으킨 원수로 날 생각하지만 일본 청소년들은 여전히 날 존경하지. 나 모르면 간첩이라니까.

인내의 일인자라 불러 다오. 도쿠가와 이에야스
이름 : 도쿠가와 이에야스(1542~1616년)
별명 : 인내의 일인자(참을 인〔忍〕 자 셋이면 살인도 면한다잖아)

고생 좋아하시네~. 아무리 그래도 나처럼 고생 많이 한 사람은 없을걸. 어렸을 때 우리 가문은 힘이 센 두 세력 가운데 껴서 이 눈치 저 눈치 보며 지내다가 꽃다운 여덟 살에 오다 가문에 인질로 끌려가서 무려 11년을 살았어. 죽으라면 죽는 시늉까지 해야 했던 볼모 시절……. 내가 그때만 생각하면 흑흑~. 그때부터 결심했지, 무슨 일이 있어도 참고 참아서 꼭 천하를 얻으리라. 오다 노부나가와 손잡고 세력을 얻고, 노부나가가 죽자 이번엔 히데요시와 손을 잡고서 난 살아남았지. 그들한테 머리를 숙였지만 그게 다 작전이었다 이거야. 일본을 통일한 건 히데요시였지만 정권을 잡은 건 아주 잠깐이고 결국 내가 무려 13년간 일본을 다스렸지. 냉철한 지혜와 지독한 인내는 오늘날 사람들이 나를 본받고 싶어 하는 가장 큰 이유지. 참는 자에게 복이 있나니……. 웬만한 건 참고 사셔~.

냉장고는 내 친구, 싸늘한 카리스마. 오다 노부나가
이름 : 오다 노부나가(1534~1582년)
별명 : 이보다 더 싸늘할 순 없다
이거 왜 이러셔~. 일본 전국 통일은 내가 다 기반을 닦아 놓은 거라고. 오

죽하면 "떡메는 노부나가가 치고, 반죽은 히데요시가 하고, 떡은 이에야스가 먹는다"는 말이 있겠어. 이게 다 내가 기반 닦아 놓고 히데요시가 분위기 잡고 이에야스가 꿀꺽 했다는 얘기잖아. 아유, 억울해. 부하의 배신만 아니었어도 천하는 내 손에 굴러 떨어졌을 텐데. 어려서부터 오와리의 바보, 개망나니, 멍청이로 불릴 만큼 내 정신세계는 한마디로 독특했지. 글 공부는 안 하고 하층민 아이들과 뒹굴며 놀았기 때문이지. 하지만, 그건 일부러 그런 거야. 나를 견제하는 사람들을 속이기 위해서였지. 내가 전투에 나서면 천재적인 지략과 기동력으로 적을 순식간에 제압해서 얼마나 존경을 받았었는데. 이런 내가 어떻게 바보일 수가 있겠냐고. 내가 좀 냉정한 성격이라 눈에 거슬리는 걸 못 봐. 승려를 몰살시키고 처남을 할복하게 하고 아들을 할복하게 하긴 했지만, 그게 다 대를 위해 소를 희생시킨 거였지. 그래서 카리스마 명장이라는 평가와 비정한 악의 화신이라는 두 가지 평가를 받고 있는데……. 여러분들은 내가 어떤 사람인 것 같아.

전국 시대(1477~1573년)
사무라이들의 싸움이 끊이지 않았던 전국 시대는 무로마치 막부와 에도 막부 사이의 기간을 말한다. 이 시기는 무로마치 막부의 말기, 극심한 혼란의 시기로 중앙 정부는 이미 기능을 상실하였으며 전국 각지의 무사들이 자신들이 일본을 하나로 통일하여 다스리고자 하는 야망을 품었었다.
오다 노부나가도 그런 사람 중 하나였다. 그는 타고난 지략과 용맹함으로 천하통일을 거의 이루었지만 막판에 믿었던 부하 아케치의 배신으로 죽고 만다. 도요토미 히데요시는 오다의 원수를 갚고 그의 뒤를 이어 천하를 손에 넣지만 히데요시가 죽자, 그의 아들과 아들의 부하무사인 도쿠가와 이에야스 파로 나뉘게 된다. 두 파는 대립을 거듭하다가 전쟁을 일으키고 결국 도쿠가와 이에야스 파가 승리함으로써 천하는 도쿠가와 이에야스의 것이 된다. 그는 에도에 막부를 세우고 도쿠가와 가문이 쇼군직을 잇도록 한다. 이 막부가 바로 도쿠가와 막부, 또는 에도 막부라고 하는 것이다.

6

뜻밖의 인물

덜컹—.

축문이 써진 뒤쪽에서 소리가 나더니 누군가 걸어 나왔다. 귀족의 자제들이 입을 법한 비단 옷을 곱게 차려입은 소년이었다. 자세히 들여다보니 하루키였다.

"하루키, 어디 갔었어? 그러고 보니 언제부턴가 안 보이더니. 그 옷은 또 뭐야?"

"다 끝났어, 하루키. 우린 이제 어쩌면 좋으냐? 우리가 그렇게 고생하며 찾던 미야자키 하야네의 핏줄이 죽었대. 이제 우린 어떻게 하냐고. 아이고."

노빈손은 눈물이 그렁그렁한 채 울먹였다. 애늙은이처럼 얼굴의 표정을 드러내지 않는 하루키는 여전히 평온한 표정으로 노빈손의 어깨를 다독이더니 입을 열었다.

"인사드립니다. 미야자키 하야네의 막내아들 미야자키 하루키, 정식으로 인사드립니다."

하루키는 노빈손 일행 앞에 큰절을 올렸다.

"혹시라도 도요토미 덴뿌라가 보낸 사람들이 먼저 찾아낼까 봐 히데요시님께서 이런 장치를 해 두었나 봅니다. 많이 놀라시진 않으셨는지요. 송구할 따름입니다."

하루키는 다시 머리를 숙였다. 흙투성이 고아 소년이 미야자키의 아들이었다니…… 등잔 밑이 어둡다고, 곁에 두고 그를 찾아 헤매고 있었다니……. 믿을 수가 없었다.

살아 있어서 다행이라는 생각도 들었지만 속았다는 생각에 떨떠름한 기분을 떨쳐 버릴 수가 없었다.

"그렇다면 우리를 시험하기 위해 신분을 속이고 같이 다녔다는 거냐?"

"맞아, 그렇게 찾아 헤매는 걸 옆에서 보면서도 가만 있었다니……. 너무한 것 아냐?"

"허참, 너 가부키 배우 해도 되겠다. 어쩜 그렇게 감쪽같이 사람을 속이니?"

사람들의 질책 앞에 하루키는 다시 고개를 숙였다.

"여러분들을 시험한 것이 아니라 저를 시험한 겁니다. 작년쯤 히데요시님이 오셔서 출생의 비밀을 얘기해 주시더군요. 하지만, 전 너무 어린 나이라 받아들이기 힘들었습니다. 어린 저의 어깨에 사람들의 모든 기대가 쏠려 있다고 생각하니 숨을 쉴 수 없을 만큼 부담스러웠습니다. 제가 잘 해낼지도 자신이 없었고……. 그래서 제 자신을 시험해 보고 싶었습니다. 여러분들과 함께 미야자키 가문을 일으킬 수 있을지 확신이 필요했던 겁니다."

"시험해 봤더니 어떻더냐?"

잣 또이치가 물었다.

"해 보고 싶습니다. 여러분들과 함께라면 할 수 있을 것 같습니다. 가난하고 병 들고 수수깡처럼 말라 가면서도 저를 기다리고 있는 사람들을 품에 안고 싶습니다. 하겠습니다. 꼭 미야자키 가문을 일으켜 사람들의 상처를 어루만지겠습니다. 여러분과 함께하겠습니다. 도와주십시오.”

평소에도 애늙은이처럼 생각이 깊고 어른스러웠던 하루키였는데 오늘 보니 부쩍 더 어른스러워진 것 같았다.

하루키의 목소리는 가늘게 떨리고 있었다. 아직 어리지만 그의 너른 마음은 분명 고통당하고 있는 많은 사람들의 든든한 나무가 되어 줄 것이다.

대답을 기다리고 있는 하루키는 고개를 들지 못했다.

“저를 믿고 따라 달라는 것이 아니라 여러분들을 믿고 제가 따르겠습니다. 어린 동생이나 어린 자식이라 생각하시고 도와주십시오.”

노빈손은 벌떡 일어나 덥석 하루키의 손을 잡고 싶었지만 모두가 심각한 얼굴이어서 눈치만 살피고 있었다.

“어린 동생이나 어린 자식처럼 여겨 달라, 그렇게는 안 되겠다.”

잣 또이치의 매정한 대답이 돌아왔다.

“맞아, 그건 안 될 일이지.”

우루사와, 이치카와도 심각한 얼굴로 잣 또이치의 말에 동의했다. 죽은 줄로만 알았던 미야자키의 혈족이 살아 있는데 뭘 이렇게 깐깐하게 따지나, 노빈손은 그저 답답하기만 했다.

다시 잣 또이치의 말이 이어졌다.

“어린 동생이나 어린 자식이라니, 그렇게는 안 되지요. 당신은 이제 우리의 주군이십니다. 주군, 당신을 기다리고 있었습니다.”

“주군—.”

잣 또이치도 우루사와도 이치카와도 하루키 앞에 큰 절을 올렸다. 멀뚱멀뚱 서 있기만 하는 찌르지마쇼를 잣 또이치가 힘으로 눌러 큰 절을 올리게 했다.

“이거 왜 이래요? 할멈한테나 주군이지, 나한테도 주군이에요?”

“잠자코 절이나 하셔.”

자신을 주군이라 불러 주는 이들의 고개 숙임에 젖살이 채 빠지지 않은 하루키의 볼 위로 뜨거운 눈물이 타고 내렸다. 십여 년 만에 잃어버린 주군을 갖게 된 감격을 모두가 만끽하고 있었다. 노빈손도 이 가슴 뭉클한 장면을 보며 눈물을 훔쳐냈다.

잃어버린 아이들의 진실

“아주 골고루 하고 있구나. 니들이 무슨 멜로 영화 여주인공들이냐? 단체로 훌쩍거리기는…….”

익숙한 목소리였다.

일본 사람들은 조선통신사들에게 융숭한 대접을 하며 글 공부를 가르쳐 달라고 책을 들고 찾아왔다. 그 책은 다름 아닌 임진왜란 때 왜병들이 조선에서 약탈해 간 책들이다. 조선에서 훌륭한 책을 훔치고 빼앗아 갔으나 그것을 가르쳐 줄 선생이며 학자가 없었던 것이다. 그래서 조선통신사들은 주자학 등 각종 책을 들고 오는 그들에게 글을 가르쳤다. 남의 책을 힘으로 빼앗아 갈 수는 있었지만 그 내용만은 훔칠 수 없었던 것이다.

돌아보니 카무로 대원들에게 둘러싸인 와루바시가 한쪽 다리를 떨며 못마땅한 표정으로 서 있었다.

"니들이 그렇게 도망간다고 카무로들을 피할 수 있을 것 같냐? 우리 조직은 전국적으로 퍼져 있어서 네비게이션 없이도 니들쯤은 쉽게 찾아낸다고. 미운 정도 정이라고 너희들 생각해서 내가 충고 하나 하지. 지금이라도 도요토미님이 오시거든 지문이 없어지도록 싹싹 빌어라. 그렇지 않으면 목숨을 부지하기 무척 곤란해질 테니까."

"마음은 고맙지만 너의 충고는 노땡큐거덩. 그렇게 비굴하게 살아남아서 카무로 따위나 되라고?"

노빈손이 와루바시의 충고를 가볍게 무시했다.

"누가 받아 주기나 한대? 연령 제한에 걸려서 카무로가 되고 싶어도 못 될걸. 이제 너 때문에 면접시험도 보기로 했다."

"걱정 마셔. 카무로 대원이 돼 달라고 울면서 부탁해도 안 할 테니까. 쳇."

노빈손과 와루바시가 신경전을 벌이는 동안 도요토미가 모습을 드러냈다.

미야자키 가문이 다시 일어서는 순간이 바로 자신이 몰락하는 순간이라는 걸 잘 알고 있는 도요토미는 팔짱 끼고 앉아 있을 수만은 없었다. 어떻게 해서든 막아야 했다. 아니, 무슨 수를 써서라도 막고 말리라.

도요토미는 노빈손 일행을 훑어보다가 어린 하루키와 눈

꽃구경 중에 으뜸은 일본의 국화인 '사쿠라(벚꽃)' 구경이다. 하지만 이 사쿠라는 한반도에서 일본으로 건너간 꽃이다. '소메이 요시노 사쿠라'라고 하면 오늘날 일본의 최고 품종으로 세계에 자랑삼는 사쿠라 종인데 이것은 제주도산 왕벚꽃을 말한다. 일본 사람들은 사쿠라 꽃구경을 하면서 걷는 것을 사쿠라 사냥이라고 말하기도 한다. 이것은 눈으로 꽃을 사냥한다는 재미있는 표현이다.

이 마주쳤다.

"네가 미야자키 하야네의 아들이군. 그때 진작에 죽어 줬으면 좋았을 것을. 나를 이렇게 귀찮게 하는 건 그 애비나 자식이나 똑같구먼."

"어째서 무엇 때문에 우리 아버지를, 아니 우리 가족을 그렇게 죽여야만 했지?"

하루키는 참고 참았던 질문을 던졌다. 왜 그렇게 자신의 가족들이 처참하게 죽어야 했는지 하루도 생각하지 않은 날이 없던 하루키였다.

"그거야 당연히 땅 때문이지. 우리 사랑하는 벤또 부인이 한푼 두푼 모아서 재테크하는 것보다 있는 사람의 것을 슬쩍하는 게 빠르다는 걸 알려줬거든. 후훗. 땅을 뺏으니 그곳에 있는 백성까지 내 수중으로 굴러 들어오고, 그 덕분에 난 지금 일본에서 제일 가는 부자라고. 안 그랬으면 평생 미야자키 가문에서 종살이나 하고 있었겠지. 남자는 여자 하기 나름이라더니 머리 좋은 부인 만나서 금방 출세했다는 거 아니겠어. 궁금증이 좀 풀렸냐? 크하하하."

"그깟 땅 때문에? 땅이 사람 목숨보다 귀하단 말이냐?"

도요토미는 목젖까지 드러내며 호탕하게 웃어젖히다가 갑자기 웃음을 그쳤다.

"네가 철이 없어서 그렇지. 나이 들어 봐. 돈 벌 수 있는 건 부동산밖에 없다니까. 나 봐, 땅따먹기해서 자수성가했잖냐.

일본에서 가장 높은 산, 후지산

5월경까지 산 이마에 흰눈을 쓰고 있는 후지산은 표고 3,776미터로 일본에서 가장 높은 산이다. 백두산처럼 정상에 큰 화구가 있으나 물은 없다. 역사상 10여 차례의 분화로 불을 뿜었으나 쉬고 있는지 약 300년이 지났다. 지난 1707년에 마지막 화산 활동으로 불을 뿜었으나 언제 다시 분화할진 후지산 마음이겠지.

196

일본엔 결혼식과 장례식에 검은 예복을 입는다. 여자의 경우 오비라고 불리는 기모노 띠가 있는데 상중에는 이 오비를 검은색으로 하고, 결혼식에는 오비에 장식을 단다. 남자의 경우 결혼식엔 하얀색 넥타이, 장례식엔 검은색 넥타이를 맨다. 사람이 죽은 날 밤 츠야라 부르는 의식을 행하는데 방안에 불단(제단)을 세우고 사진과 향을 놓고, 단 앞에 놓인 관을 열어 친지와 가족들은 죽은 사람의 얼굴을 보며 마지막 인사를 한다.

그런데 짜증나, 니들이 다 망쳤잖아. 적자 나면서부터 벤또 부인의 얼굴에선 웃음이 사라졌어. 이게 다 그 소문 때문이라고. 꼼짝 못 하던 것들이 대들지를 않나, 세금을 안 내지 않나……. 생각하니까 또 짜증나네."

적반하장도 유분수지, 도요토미는 도리어 화를 내고 있었다.

"아저씨, 지금 그게 말이 돼요? 이게 다 아저씨가 미야자키 가문 사람들을 몰살시키고 재산을 가로채서 생긴 일 아니에요. 그리고 벤또 부인인가 도시락 부인인가 그 아줌마, 그 아줌마가 머리가 좋은 거예요? 머리가 이상한 거지."

"시끄럿! 니가 뭔데 우리 여보야를 욕해! 흥, 니들이 미야자키 가문을 재건해 보겠다고? 어림도 없는 소리지. 너희들을 다 잡아 가면 벤또 부인이 얼마나 좋아할까? 크하하하. 애들아, 뭐하냐. 저것들을 어서 포박해라."

도요토미가 신호하자 대기하고 있던 군사들이 노빈손 일행을 휘감듯 둘러쌌다. 그와 함께 잣 또이치가 노빈손 일행을 막아 서며 검을 뽑아 방어 자세를 취했다.

"나 정말 조용히 살고 싶었다. 이 세계에서 손 씻었는데 애들이 또 내 손에 칼을 쥐게 하는구만."

휘리리릭 타라라락 타아아악—.

걸어가도 되는 거리지만 굳이 공중 3회전을 하며 잣 또이치 옆으로 착지한 찌르지마쇼도 방어 자세를 취했다.

"할멈, 나도 돕겠어요."

“뭐하니, 어서 쳐라.”

군사들이라고는 하지만 돈으로 고용된 충성심 없는 자들이라, 다칠까 봐 몸을 사리며 도요토미 눈치를 보더니 피하느라 아수라장이 되었다. 잣 또이치나 찌르지마쇼가 검을 휘두르는 시늉만 해도 군사들은 엉거주춤 물러났다가 다가서기만을 반복하고 있었다.

“월급을 그렇게 많이 주는데도 이럴 때 쓸모가 없다니.”

“내가 이럴 줄 알았지.”

“아니 여보, 당신이 여길 어떻게?”

벤또 부인이 나타나자 도요토미는 화들짝 놀라면서도 반색했다.

“혹시나 해서 와봤더니 역시나군. 아무튼 내가 빠지면 제대로 되는 일이 없다니까. 이런 녀석들은 상대하는 방법이 따로 있어요. 애들아~.”

앙칼진 목소리로 벤또 부인이 신호를 주자 여러 마리의 말들이 등장했다. 말들의 뒤에는 하나같이 커다란 수레가 달려 있었다.

“뭘 어쩌려는 걸까요?”

노빈손은 잣 또이치에게 상황이 어떻게 돌아가고 있는 건지 물었다.

“그걸 장님인 나한테 묻는 거냐?”

덜컹―.

일본은 죽으면 거의 화장을 한다. 그래서 일본의 가족묘는 가족 납골묘로 주로 절에 있는 가족납골당을 이용한다. '묘'라고 불리는 전통적인 석탑형 가족납골묘는 중앙에 세로로 세워진 하나의 큰 묘석과 그 아래 지하에 설치된 납골실로 구성되어 있다. 묘석은 제일 아래 부분의 부석, 그 위에는 하대석, 상대석, 간석 순으로 구성되어 있고 묘석 앞에는 우리의 상석에 해당하는 배석과 화병 등이 설치되어 있다.

말들이 끌고 나온 수레를 열었다. 이럴 수가. 그 동안 도요
토미가 우무베 흉내를 내며 잡아들인 어린아이들이 수레마
다 가득 실려 있었다. 아이들은 하나같이 공포에 질린 채 울
부짖고 있었다.

"순순히 항복하지 않으면 이 아이들의 목숨이 위태로울 줄
알아라. 어서 검을 내려놓으시지. 만약 지금 항복을 한다면
아이들을 곱게 풀어 주마."

망설일 이유가 없었다. 저렇게 겁에 질린 아이들을 보고
있자니 아이들을 살릴 수만 있다면 그 어떤 일이라도 해야
한다는 것 외에는 다른 아무것도 생각할 수 없었다. 하지만
검을 내려놓는 순간 많은 사람들의 기대와 염원이 물거품이

될지도 모른다는 데 생각이 미치자 노빈손은 가슴이 아파 견 딜 수가 없었다.

툭.

잣 또이치가 먼저 검을 바닥에 내던졌다.

"할멈, 억울하지도 않습니까? 이럴 때 싸워야지, 칼을 왜 버립니까."

"장님인 나도 보이는데 넌 안 보이냐? 아이들을 생각해라."

"에잇! 젠장!"

찌르지마쇼도 마지못해 검을 던졌다. 모두 무기를 버리자 군사들이 노빈손 일행을 끌고 나와 결박했다.

"어머, 자기는 어쩜 이렇게 빈틈이 없어? 난 여보야 없이 는 아무것도 할 수 없는 사람인가 봐."

"이 무능력한 사람아, 그게 자랑이냐?"

벤또 부인은 도요토미를 구박하면서도 눈은 끌려가는 노 빈손 일행을 향해 있었다.

"잠깐! 잠깐 서거라. 네가 미야자키의 아들이로구나. 꼴 좋 구나. 어디 그 꼴로 미야자키 가문을 재건해 보시지? 까르르 르. 얘들아, 어서 이것들을 저 아이들과 함께 가둬라."

노빈손은 벤또 부인이 아이들을 풀어 주기로 한 약속을 잊 은 것 같아서 친절히 알려 줬다.

"아줌마, 이러는 게 어디 있어요, 무기를 버리면 아이들은 보내 주기로 했잖아요?"

“멍청하기는. 그런 약속 따위에 애써 잡은 애들을 놓아 주란 말이냐?”

“헉! 사람이 약속을 했으면 지켜야죠. 이러는 게 어디 있어요?”

노빈손은 벤또 부인보다 악당은 약속을 지키지 않는다는 걸 깜박 잊은 자신이 더 미웠다.

“흥 그런 약속은 개에게나 주어 버리라지. 이 아이들을 놔 줬다간 미야자키 가문의 복수를 한다고 또 니들처럼 설칠걸. 애들아, 뭐하냐. 어서 저 녀석들을 가둬라.”

“역시 당신은 완벽해. 난 너무 행운아야. 당신같이 현명한 여자를 아내로 두다니……."

“이제부터가 중요해요. 뒤탈이 없도록 저 녀석들을 없애버려야 해요.”

“알았어요, 여보. 이번엔 나에게 맡겨. 자기한테 실망스런 남편이 되지 않도록 내가 산뜻하게 없애버릴게.”

벤또 부인을 바라보던 도요토미의 사랑 가득한 별눈이 다시 악독하게 변했다.

“듣거라! 이 도요토미님한테 반항하면 어떤 일이 일어나는지 뼈가 시리도록 알게 해주겠다. 당장 마을 사람들을 불러 모아라. 그들이 기다리고 있는 미야자키 하야네 아들이 어떤 꼴로 죽어 가는지 보여주겠다. 크탓탓탓. 조금만 기다려라, 저 세상으로 보내 줄 테니. 일단 모두 가둬라!”

덜커덩.

아이들을 구출하겠다고 굳게 약속했던 노빈손 일행은 아이들과 나란히 갇혀 버렸다. 앞으로 벌어질 무서운 일들을 예고나 하는 것처럼 때 아닌 검은 구름이 몰려와 해를 삼켰다.

새로운 희망을 꿈꾸며

해가 뉘엿뉘엿 기울어 가고 있었다. 일찌감치 모습을 드러낸 달은 아직 창백한 얼굴이었지만 노빈손을 내려다보며 희미하게 웃고 있는 것 같았다.

노빈손은 시무룩해졌다. 아니 모두가 시무룩해져 말이 없었다. 모든 것이 허사였다. 몇 시간 후면 노빈손 일행은 자신들을 애타게 기다리고 있던 사람들 앞에서 쓸쓸히 죽어갈 것이다. 사람들은 더 이상 희망을 얘기하지 않게 될 것이며 전보다 더 야위어 갈지도 모른다.

"얼음이 녹으면 뭐가 되는지 아십니까?"

뜬금없이 하루키가 물었다.

"퀴즈? 퀴즈라면 내가 또 자신 있지. 얼음이 녹으면 물이 되잖아. 에이 문제가 너무 쉽다."

노빈손은 애써 밝은 목소리로 대답했다.

"아닙니다."

일본 헌법 제1조에는 "천황은 일본의 상징이고, 일본 국민 통합의 상징"이라고 쓰여 있다. 일본의 천황은 이처럼 일본 국민들을 하나로 묶어 주는 상징적인 존재이다. 그러나 실제로 일본 천황은 유럽의 왕들처럼 강력한 권력을 가져 본 적이 없다. 그냥 이름뿐인 신비한 존재이다. 그러나 국가의 아주 결정적인 시기에 국론이 분열될 경우 천황의 한마디가 큰 힘을 발휘한다. 세계 2차 대전을 종결시킨 것도 천황의 한마디였다.

"얼음이 녹으면 물이 되는 거 맞는데. 화학기호로 H_2O. 아, 남극에 있는 빙하가 녹으면 빙하기가 되지."

"아닙니다."

"그렇다면… 뭐지? 뭘까?"

노빈손은 아무리 생각해 봐도 물 이외엔 생각나지 않았다.

"얼음이 녹으면… 봄이 됩니다."

"에잇, 넌센스였구나."

"얼음은 쉽게 녹지 않습니다. 주변의 환경이 변하고 따뜻해져야 얼음이 녹고 마침내 봄이 옵니다."

하루키의 애늙은이 같은 표정 뒤엔 무슨 생각이 있는 건지 전혀 짐작할 수 없었다.

"절망적인 상황에 처해야만 모습을 드러내는 것이 있습니다. 나약한 모습과 함께 그 사람의 힘과 용기 또한 모습을 드러냅니다. 지금이 바로 그때인 것 같습니다. 언젠가 빈손 형님이 말한 것처럼 뜻이 있는 곳에 16차선 고속도로가 있겠죠."

하루키는 사람들의 마음을 위로하며 힘을 주고 있었다. 과연 어린 나이에 주군의 자리에 앉아도 손색이 없을 만큼 의젓했다.

"내 말이 그거거든. 어쩜 하루키 넌 내 어린 시절을 그렇게 쏘옥 빼 닮았니?"

노빈손은 흐뭇한 얼굴로 하루키를 칭찬했다. 물론 사람들은 전혀 믿을 수 없다는 표정이었지만.

“하루키 말이 맞아요. 이렇게 넋 놓고 있다간 한 쌍의 바퀴벌레 같은 도요토미 부부한테 십여 년 전 미야자키 하야네 가문이 당한 것처럼 우리도 당하고 말걸요.”

좁은 공간에서도 먼지를 내며 공중 3회전을 해 노빈손 옆에 앉은 찌르지마쇼도 거들었다.

“저 꼬마, 아니 주군의 말이 맞아. 웬만한 어른보다 훨씬 낫네. 주군 될 자격이 있군.”

“맞아요. 스모 경기에서 하도 많이 지니까 언젠가부터 싸워 보지도 않고 포기하기 시작했어요. 지금 생각해 보면 너무 부끄럽죠. 이번에야말로 지든 이기든 모처럼 한판 제대로 뛰어 보겠습니다.”

우루사와가 스모를 시작하는 선수처럼 바닥의 모래를 뿌려 가며 전의를 불태웠다.

“인생은 한 편의 가부키. 지금이 바로 클라이맥스지. 이쯤에서 배우가 어떻게 하느냐에 따라 해피엔딩도 되고 그 반대도 되는 거야. 가부키 얘길 하니 힘이 나는걸.”

“다섯 명의 인재를 찾지 못했다고 미야자키 가문을 재건 못 하는 건 아니지. 한번 해보자고. 난 장님이라 밤에도 낮처럼 잘 보이니까 할 수 있는 건 뭐든 도우마.”

찌르지마쇼가 비어 있는 칼집을 만지작거리며 말했다.

“하지만, 무기 하나 없이 어쩌죠? 칼도 다 뺏기고 칼집만 남았는데 무엇으로 싸우냐구요?”

담징이 호류사에
그림을 그린 이유?
고구려의 승려이자 화가로서 학문과 그림 솜씨가 뛰어났던 담징은 일본의 초청으로 610년에 백제를 거쳐 일본으로 건너가 종이 · 먹 · 공예 · 채색 등의 기술을 전하였다. 호류사에 머무르며 불법과 학문을 가르치던 그는 수나라와 전쟁을 치르고 있던 고구려가 이기자 감사와 기쁨의 마음으로 호류사의 금당에 〈사불정토도〉를 그렸다.

다시 모두 시무룩해졌다.

"상대가 칼로 싸운다고 해서 우리까지 칼로 싸울 필요는 없어요. 우리에겐 머리가 있잖아요. 뭔가 분명히 방법이 있을 거예요."

노빈손은 창이나 칼이 상대를 이길 수 있는 절대적인 조건이 될 수 없다는 걸 경험으로 잘 알고 있는 터였다.

많은 관객들 앞에서 공연을 해본 이치카와가 기억을 더듬으며 말했다.

"이제 곧 도요토미가 동네 사람들을 다 불러 모으겠지. 사람들이 많으면 주변도 시끄럽고 산만해서 통제하기 어려울 거야. 그때 뭔가를 해야 해."

다시 머리를 모았다. 어떻게 그 많은 사람들 틈에서 도요토미를 교란해 아이들을 구하고 자신들도 목숨을 구할지 생각하고 또 생각했다.

그렇지만 아무리 생각해도 방법이 떠오르지 않았다.

"장난감 칼이라도 있으면 군사들을 겁줄 수 있을 것 같기는 한데……. 그때 봤지? 우리가 칼을 가지고 있으니까 겁나서 덤비지도 못했던 그 병사들 말야."

쨍그랑.

그때 갑자기 누가 건드렸는지 수레 한쪽에 실려 있던 항아리가 깨졌다. 우루사와가 코를 감싸쥐었다.

"이크, 우유잖아. 이 수레는 전에 우유를 날랐었나 보군.

일본의 판화, 우키요에

에도 시대(1603~1867년)에 성행했던 일본 특유의 목판화이다. 가부키 배우의 연기 모습과 일반 시민의 일상생활, 풍속 등을 소재로 강렬하고도 선명한 색채들을 즐겨 사용하였다. 대량 생산할 수 있는 판화 형식을 취해 회화로서뿐만 아니라 그 시대에 일어난 새로운 정보를 빠르고 정확하게 전달하는 역할도 하였다. 우키요에는 프랑스 인상파 화가들에게 큰 영향을 끼친 세계적 미술문화이다.

우유가 아직도 남아 있는 통들도 있네. 난 우유만 먹으면 설사하는데……."

"크크크. 우유에 얼마나 많은 영양소들이 있는데, 왜 우유를 안 먹냐?"

노빈손은 개구리라도 본 것처럼 질겁하는 우루사와가 우스웠다.

"가만, 우유… 영양소… 단백질. 아아, 뭔가 떠오르려고 해요. 아~."

하지만 잡힐 듯 말 듯한 생각의 꼬리는 쉽게 잡히지 않았다.

"쟤 원래 저래요?"

찌르지마쇼가 괴로워하며 몇 가닥 안 남은 머리를 쥐어뜯는 노빈손을 희한하다는 듯 쳐다봤다.

"신경 쓰지 마. 원래 저래. 저러다 가끔 아주 기발한 생각을 해내곤 한다니까."

"그래, 저 특이한 머리 때문에 위기를 많이 넘겼지."

"빈손 형님은 정말 놀라운 사람이에요."

"생각났어요, 생각났다구요. 우하하하~. 잣 또이치 할머니, 전 정말 천재인가 봐요."

노빈손은 스스로 해낸 생각에 흐뭇해졌다.

"이그, 잘난 척은. 어서 생각난 거나 얘기해 봐."

"그래 궁금해. 어서 얘기해 봐."

노빈손은 우유가 담긴 항아리를 들어 올리며 눈을 빛냈다.

백제가 일본의 왕에게 하사한 칠지도

칠지도는 일본의 이소노카미 신궁에 보관되어 있는 칼이다. 372년 백제가 일본에게 하사한 이 칼의 앞뒤 면에는 "백 번 제련하여 칠지도를 만들었다. 모든 적을 막아낼 것이다. 후왕에게 하사하니……. 예로부터 이와 같은 칼은 없었다. 왜왕은 후세에 전하여 보이라"라는 글이 새겨져 있다. 처음엔 백제가 일본에 바쳤다고 주장하였으나 문맥으로 보아 백제의 왕이 국가의 세력을 과시하기 위해 약소국 일본에게 하사한 것으로 보인다.

"바로 이 우유가 우리를 도와줄 거예요."

"우유?!"

노빈손이 고개를 끄덕이며 설명을 이어갔다.

"맞아요. 잣 또이치 할머니, 전에 썼던 식초 아직 남았죠?"

"전에 녹을 벗겨 내던 것 말이냐? 남기야 남았지. 이걸로 어쩌려고?"

잣 또이치는 품에서 쓰다 남은 식초병을 꺼냈다.

"일단 한번 저를 콱 믿어 보시라니까요."

노빈손은 먼저 사람들에게 바닥에 흩어져 있는 지푸라기와 나무 막대기를 긁어모으게 했다. 그리고 항아리에 남아 있는 우유를 한데 모아 솥에 넣고 불을 피웠다. 성냥은 없었지만 무인도에서도 살아남았던 노빈손에게 불 피우기쯤은 아무것도 아니었다.

우유를 천천히 가열하면서 충분히 뜨겁게 한 후 식초 세 숟가락 정도를 넣고 저어 주었다.

"너 혹시 전직이 마법사였냐?"

"마법이라뇨, 이건 과학이라구요. 찌르지마쇼, 그 칼집 좀 줘 봐요."

노빈손은 뜨거워진 우유 속에서 서로 엉기는 덩어리 물질을 손수건으로 걸어내 물기를 짠 후 칼집에다 채워 나갔다.

"자, 이제 식히기만 하면 돼요."

찌르지마쇼는 궁금함을 이기지 못하고 공중 3회전을 돌아 노빈손 옆에 바싹 착지했다.

"뭐하는 건지 궁금해서 견딜 수가 없구나. 안 바쁘면 좀 가르쳐 주련?"

"우유에는 여러 가지 영양소가 들어 있어요. 뼈를 튼튼하게 해주는 칼슘이 들어 있는가 하면 비타민과 단백질도 있어요. 우유로 여러 유제품을 만들 수 있기도 하지요."

관심 없는 척하고 있지만 잣 또이치도 노빈손의 설명에 귀를 기울이고 있었다.

"갑자기 노빈손의 요리교실이 열린 것 같구나."

"우유에 있는 단백질은 식초나 열에 굉장히 약하걸랑요. 그래서 우유를 데우고 식초를 살짝 넣어 주면 변성이 돼서 굳어져 버려요. 이걸 틀에 넣고 차갑게 식히면……. 한번 두고 보세요."

노빈손은 칼집을 식히기 위해 부채질도 하고 입으로 바람을 불며 오도방정을 떨었다.

"됐다. 완성이에요. 짜잔~ 보시라. 이게 우유로 만든 칼입니다. 하하핫."

"오오오~."

쇼 프로그램에 나온 방청객들처럼 다들 한 목소리로 놀라워했다.

정말 칼이었다. 칼집을 거푸집 삼아 만들어진 우유로 만든 칼이었다. 흰색이었지만 곧고 날카로운, 분명 칼이었다.

"여기다 이치카와 아저씨가 색깔을 좀 입혀 주세요."

"내가? 그래 한번 해보마."

이치카와는 구마도리 가방을 꺼내 우유로 만든 칼에 정성스럽게 색을 펴 바르고 손잡이도 만들어 달았다.

"짠짜라잔~ 어때요? 우유로 만든 단백질 칼. 진짜 같죠?"

"오, 정말 대단해. 빈손아, 이런 걸 어디서 배웠냐?"

"학교에서요."

"오~ 학교란 좋은 거로군."

"어려서부터 무술 배우느라 학교도 안 갔었는데 이제부터라도 학교에 다녀야겠다."

"역시 형님의 나라는 대단합니다. 호미걸이에, 과학에. 정말 존경합니다요, 형님."

모두들 노빈손의 솜씨를 놀라워하며 칭찬했고, 앞이 보이
지 않는 잣 또이치도 노빈손이 손수 만든 우유 칼을 만져 보
며 감탄을 아끼지 않았다.

밖엔 마을 사람들이 모여들었는지 웅성거리는 소리가 커
졌다.

"시간이 없어. 서둘러야겠다."

노빈손은 빠른 손놀림으로 같은 과정을 거쳐 두 번째 우유
칼을 완성했다.

최후의 결전

덜커덩—. 문이 열렸다.

사람들이 다 모이자 도요토미는 사람을 시켜 노빈손 일행
을 끌어냈다. 잣 또이치와 찌르지마쇼는 노빈손이 만들어 준
검을 가슴에 숨기고 끌려나오는 척했다.

마을 사람들 중에는 노빈손 일행을 알아보고 안타까워하
는 사람들도 있었다. 도요토미가 벤또 부인과 함께 모습을
드러냈다. 그 어느 때보다 도요토미의 표정은 득의양양했다.

"잘 봐라. 여기 너희들이 그렇게 기다리던 미야자키 하야
네의 아들, 미야자키 하루키가 있다. 엉덩이에 몽고반점도

209

줄을 서서 목욕하는
사람들
나라 시대(710~784년)
사람들은 목욕을 하러
절을 찾아갔다. 당시 큰
절에는 중생에게 공덕
을 베푼다고 하면서 승
려들이 불공 드리기 전
에 목욕 재계용으로 쓰
던 절간 목욕탕을 일반
인들에게 개방했다. 고
작해야 냇가에서 목욕
하던 사람들에게 절간
의 뜨거운 목욕탕은 인
기 폭발이어서 긴 줄을
서야 했다. 이후 절에서
는 경내에다 대중용 목
욕탕을 크게 만들고 돈
을 받았는데 이것이 일
본 공중 목욕탕의 원조
이다.

안 마른 이 녀석들이 너희들을 해방시켜 준다고? 멍청한 것들. 지금 이 꼴을 봐, 지나가던 원숭이도 웃겠다. 똑똑히 봐라. 반항하는 자들의 최후가 어떤지. 애들아, 저것들을 제거해 버려라. 크캬캬캬."

검을 든 병사들이 노빈손 일행을 향해 다가왔다.

자신들이 그렇게 기다리던 희망이 사라져 가는 것을 지켜봐야만 하는 사람들의 마음은 만신창이였다.

병사의 칼이 노빈손 일행에게 날아드는 순간, 찌르지마쇼가 공중 3회전을 하며 가슴팍에 있는 칼을 뽑아 들었다. 잣또이치도 칼을 뽑고 자세를 취했다.

공격하려던 병사들은 무술의 고수로 보이는 두 사람이 칼을 뽑아 들자 주춤거리며 뒷걸음질 쳤다.

"허걱! 니들이 어떻게 칼을 가지고 있지? 애들아, 뭐 하냐 칼을 뺏어라."

도요토미는 고래고래 소리를 지르며 공격 명령을 내렸지만 누구 하나 나서지 않았다.

"흥, 내가 이럴 줄 알았다. 내가 그럴 줄 알고 준비했지."

"당신은 어쩜 그렇게 준비 정신이 뛰어나요? 그래, 우리 벤또 부인이 준비했단다."

"모습을 드러내라."

쿵 쿵 쿵 쿵 쿵.

벤또 부인의 지시와 함께 지축을 울리는 거대한 소리가 들

쫄깃쫄깃하고 달콤짭짤한 다쿠앙(단무지)이라는 짠지는 일본 식탁에 어김없이 오른다. 이 '다쿠앙'은 햇볕에 말린 다음, 쌀겨와 소금에 절여 만든 것이다. 일본 짠지 다쿠앙을 만든 사람이 에도 시대 초기에 조선에서 온 승려라는 설이 있다. 교토 타이토구지 사찰의 주지였던, 승려 다쿠앙은 겨울철 저장 식품으로 짠지를 만들어 먹자, 이를 본 일본 사람들이 다쿠앙을 만들기 시작했다는 전설이 전해지고 있다.

려왔다.

"작년도 스모 우승자 불타는 빨간 장갑을 스카우트해 왔지. 빈손이 네가 자기 대신 우승했다면서 화가 머리 끝까지 나 있더군. 크캬캬캬, 이제 힘으로 밀어붙이겠다. 불타는 빨간 장갑, 저것들을 내동댕이쳐 버려라."

쿵 쿵 쿵 쿵.

덩치가 산만한 우루사와도 불타는 빨간 장갑에 비하면 귀여운 곰 인형 수준이었다.

불타는 빨간 장갑은 한 마리 곰처럼 노빈손 일행을 공격해 올 자세를 취하고 있었다.

"커어억, 저 허벅지 봐라. 웬만한 집 대들보 굵기는 되겠다. 이러다 우리 모두 납작해지는 거 아냐."

꿀꺽.

모두가 덤빌 엄두도 내지 못하고 마른 침만 삼켰다.

"형님들, 제가 한번 해보겠습니다."

다리를 후들후들 떨면서 우루사와가 앞에 나섰다.

"우루사와, 참아! 진정해. 상대는 전년도 스모 챔피언이라구."

노빈손은 스모 선수 앞에만 서면 작아지는 우루사와를 말리고 또 말렸다. 하지만 우루사와는 막무가내였다.

"아니에요, 형님. 해보고 싶어요. 질 때 지더라도……. 지금까지 한 번도 이겨 본 적은 없지만 난 여전히 스모 선수인

걸요. 여기까지 힘들게 여행하면서 제일 하고 싶었던 게 뭔지 아세요? 스모, 그 징글징글하던 스모. 젠장, 그게 제일 하고 싶더라구요. 한 번도 이긴 적이 없는데 매일같이 모래판에 고꾸라지는 게 일이었는데……. 이제야 알았어요. 내가 스모를 얼마나 좋아하는지. 모래판에 서는 게 얼마나 행복한 일인지. 한번 해볼래요, 형님."

노빈손은 더 이상 우루사와를 말릴 수 없었다. 아니 그를 응원해 주고 싶어졌다.

"멋있다, 우루사와. 나보다는 아니지만. 그래, 한번 해보렴."

"보이진 않아도 나도 응원하마."

"우리도 응원할게. 저도 괜찮아, 우리가 있잖아. 맘 놓고 덤벼 보라고."

"고마워요, 형님들."

우루사와는 비장한 얼굴로 불타는 빨간 장갑과 대결하기 위해 앞으로 나갔다.

불타는 빨간 장갑은 손바닥으로 자신의 몸을 치며 우루사와의 기선을 제압하려 하고 있었다.

"야~ 불타는 빨간 장갑. 스모 선수는 스모 선수가 상대해 주마."

우루사와는 조금이라도 덩치를 더 크게 보이게 하기 위해 가슴에 잔뜩 숨을 불어넣고 부풀렸다.

"넌 맨날 지기만 해서 벤치 신세를 못 면하던 우루사와군?

쳇, 이거 챔피언 체면이 말이 아니네. 너랑 나랑 싸움이 된다고 생각하냐? 좋은 말로 할 때 들어가서 벤치나 지키시지?"

"그러지 말고 덤비시지. 길고 짧은 건 대봐야 아는 거라고."

"어쭈, 넌 지는 게 지겹지도 않냐? 나 같으면 진작에 모래판 떴다. 망신당하기 전에 집에 가라, 아가야."

우루사와는 화가 나서 눈에서 레이저 빔이 뿜어져 나올 것 같았다. 물론 다 맞는 말이긴 하지만, 그렇지만, 그래도…….

"길고 짧은 건 대 봐야 아는 거야."

"대 보기 전에 아는 것도 있지."

"하긴 전년도 스모 챔피언이신데 만년 꼴찌인 나에게 지면 좀 창피하긴 하겠다. 그럼 관두시던가."

"어쭈, 배짱 한번 좋군. 좋아, 그럼 스모로 겨뤄 보자. 대신 내가 이기면 넌 마와시를 벗고 모래판을 완전히 뜨는 거다. 너 같은 건 스모 선수들의 수치야."

이번을 마지막으로 더 이상 스모를 할 수 없을지도 모른다고 생각하니 숨쉬기가 힘겨워졌다.

"좋다, 한번 해보자. 대신 만약 내가 이기면 순순히 물러가는 거다."

"그러시던가. 물론 그럴 리 없겠지만."

불꽃 튀기는 눈싸움이 오갔고 불타는 빨간 장갑의 얼굴에 이죽거리는 미소가 피었다가 사라졌다.

"결투를 하랬더니 왜 스모판을 벌이고 난리야. 아우, 아무

일본의 근대화,
메이지유신
일본이 신분 제도를 철폐하는 등 사회 체제를 바꾸고, 서양의 발달된 기술과 지식을 받아들여 근대화를 꾀한 것을 메이지 유신이라 한다. 메이지 유신으로 인해 700여 년 동안 이어지던 무사정권도 막을 내리고 사무라이도 자취를 감추게 된다. 그리고 이때부터 아시아 대륙으로의 진출을 꿈꾸게 되며 그 첫 번째 대상으로 우리나라의 강화도를 공격, 1875년 강화도 조약을 체결한다.

튼 맘에 드는 것들이 하나도 없어."

도요토미는 불만스러웠지만 노빈손 일행의 코를 납작하게 해줄 기회가 될 수도 있을 것 같아 말리지 않았다.

두 스모 선수가 마주 섰다. 즉석에서 도효가 만들어졌고 마을 사람 중 하나가 심판을 보기로 했다.

우루사와는 마음을 다잡고 이를 악물었다. 질 때 지더라도 폼 나게 지겠다는 생각으로 한번 해볼 작정이었다.

다리를 들어 올렸다 내리고 스모 준비 자세를 취했다. 바닥에 주먹을 대고 금방이라도 달려 나갈 것 같은 자세를 취하며 서로를 노려봤다. 불타는 빨간 장갑은 보일 듯 말 듯하게 우루사와를 비웃고 있었다.

심판의 신호가 떨어지자 몸을 솟구치며 두 사람이 가운데서 부딪쳤다. 쿵 소리를 내며 이마를 부딪쳤고 틀어올린 머리가 헝클어졌지만, 개의치 않았다.

불타는 빨간 장갑이 무서운 속도로 우루사와를 밀쳐내기 시작했다.

철썩! 철썩! 철썩!

매운 손이 날아들며 우루사와의 몸에 붉은 손자국을 냈다. 그리곤 거대한 불도저가 밀어붙이는 것처럼 돌진해 왔다. 우루사와는 젖 먹던 힘까지 내서 버텼지만 불타는 빨간 장갑의 힘에 밀려 모래판 끝 쪽으로 밀려만 갔다.

밀리고 밀려 우루사와의 발 끝이 도효에 닿았다. 불타는 빨간 장갑은 우루사와를 밀어붙이다가 갑자기 정지했다. 어깨로 툭 쳐내기만 해도 우루사와는 모래판 밖으로 밀려나는 상황이었다.

"이제 벤치에서도 볼 일 없겠지? 굿 바이바이~."

불타는 빨간 장갑은 몸의 중심이 모래판을 향해 기울어 있었고 우루사와를 밀어내기 위해 한쪽 다리가 살짝 들려 있었다.

'아니 이 자세는?'

우루사와는 재빨리 불타는 빨간 장갑의 다리 사이에 발을 넣은 다음 양쪽으로 마와시를 움켜잡아 상체를 밀착한 후, 있는 힘을 다해 들어올림과 동시에 오른쪽으로 힘껏 돌렸다.

"어― 어― 어―."

거대한 덩치가 고목처럼 넘어가는 걸 보는 사람들의 입이 저절로 벌어졌다.

쿵.

불타는 빨간 장갑이 모래판 밖에 처박혔다.

"우와와와."

손에 땀을 쥐게 한 스모 한판에 사람들이 들고 일어나 열광했고, 노빈손 일행도 가슴이 벅차 오르는 흥분에 경중경중 뛰어올랐다.

우루사와가 기쁨을 감추지 못하고 노빈손에게 폴짝 뛰어안겼다.

"보셨습니까, 형님! 형님이 가르쳐 준 들배지기로 제가 해냈습니다."

"그럼 봤지. 내가 볼 때 넌 천재적인 씨름 감각이 있다니까. 잘했어. 잘했다구."

"형님 덕분입니다. 씨름 만세, 스모 만세, 대한민국 만세."

우루사와의 얼굴에 맑은 눈물이 흘렀다. 이긴 것도 기뻤지만 스모를 계속할 수 있다는 안도감이 우루사와를 더 기쁘게 했다. 불타는 빨간 장갑은 패배를 믿을 수 없었고, 창피해서 모래판에 처박힌 채로 움직이지도 않고 있었다.

노빈손 일행이 서로 얼싸안고 승리를 기뻐하는 모습을 보자, 도요토미는 바짝 약이 올랐다.

"그러니까 누가 스모 시합하래? 그냥 밀어붙이라니까. 으윽~, 나도 독기 품으면 코브라보다 무서운 사람이란 걸 보여주지. 애들아, 저 사람들에게 깜짝 선물을 줘라."

말이 떨어지기가 무섭게 곳곳에 숨어 있던 검은 옷을 입은 닌자들이 날아들었다. 그리곤 긴 대롱을 입에 물었다.

쉬익 쉬익 쉬익—.

대나무로 만든 대롱에서 극약을 바른 독침들이 비처럼 들이닥쳤다. 어디서 날아오는지 잘 보이지도 않아서 피할 수도 없었다.

"모두 숨 쉬지 마랏!"

잣 또이치가 호흡을 가다듬었다. 노빈손 일행은 일시에 숨

성이 바뀐 걸 보니 결혼했구나?

일본은 왕족과 귀족 무사 등만이 이름에 성씨를 썼다가 19세기 말엽에 가서야 일반 민중들도 성씨를 갖게 되었다. 일본 여성들은 결혼을 하면 자기 본성을 포기하고 남편의 호적에 입적하면서 남편 가문의 성씨로 바뀌게 된다. 하지만 요즘은 여성들 중에 결혼하고 나서도 자기 성을 지키는 사람들이 늘고 있다.

을 멈췄다. 노빈손은 혹시 작은 숨소리라도 날까 봐 손바닥
으로 입까지 틀어막았다.

잣 또이치는 공기의 흐름을 읽고 있었던 것이다. 공기를
찢고 날아오는 소리를 듣고 날렵하게 독침들을 잡아냈다.

탁! 탁! 탁!

보이는 것 그 이상을 볼 줄 아는 잣 또이치만이 할 수 있는
일이었다.

"잣 또이치 할머니, 너무 멋져요."

"이제 알았냐?"

도요토미는 주먹을 쥐며 부르르 떨었다. 번번이 장애물들
을 물리치는 노빈손 일행이 얄미워서 견딜 수가 없었다. 십
년 전 미야자키 하야네의 혼령이 자신을 옥죄어오는 것 같아
목이 타들어 갔다.

"안 돼. 모든 걸 이렇게 잃을 순 없어. 내가 그렇게 순순히
물러나 줄 것 같아? 자, 마을 사람들의 토지대장이다. 이걸
불태우면 마을 사람들은 다시 땅 없는 천민이 돼서 이리저리
팔려 다니는 신세가 되겠지? 손가락이라도 까딱했다간 불쏘
시개를 만들어 버릴 줄 알아."

도요토미는 한 손에는 횃불을 들고, 또 한 손으로 칼을 들
어 하루키를 겨냥했다.

"나만 이렇게 쫄딱 망할 순 없어. 내가 얼마나 뒤끝이 안
좋은 사람인지 확실히 보여 주지. 너희들이 마을 사람들과

217

일본, 재팬, 니폰
우리나라와 중국은 예
부터 일본을 '왜(倭)' 라
고 불렀다. 고려 말 왜
구의 침탈이 극심해 왜
는 작다는 의미의 '왜
(矮)' 로 비하하기도 했
으나 원래 왜(倭)는 일
본을 가리키는 한자이
다. '일본' 이라는 국명
이 통일적으로 사용된
것은 메이지 유신 이후
이다. '태양의 근본' 이
라는 뜻을 지니고 있다.
니폰은 '일본(日本)' 이
라는 한자를 일본식으
로 읽은 것이다.

어린 하루키, 누굴 먼저 구하는지 볼까? 난 어느 쪽이 먼저 죽어도 상관 없지만 말야."

도요토미가 토지대장에 불을 붙이고 동시에 하루키를 향해 칼을 던졌다.

"아니, 저 치사한 녀석!"

노빈손 일행은 순간 당황하고 말았다. 전혀 생각지 못했던 상황이었다. 모두들 주춤거리며 서로의 얼굴을 안타깝게 바라봤다.

칼이 있긴 했지만 진짜 칼이 아니었던 것이다.

"여기요!"

일전에 고기를 먹는다고 노빈손 일행을 가뒀던 그 우두머리가 어떻게 알고 두 개의 칼을 던졌다.

"이번엔 내 차례군."

휘리릭 휘리리릭 타아악 에잇—.

찌르지마쇼는 공중 3회전을 하며 도약해 두 개의 검을 잡음과 동시에 날렸다. 이 동작은 아주 빠르고 순식간에 벌어졌는데 왈츠를 보는 것처럼 우아하기도 했다.

타앗! 타앗!

하나의 칼은 도요토미의 손목을 그어 횃대를 떨어뜨렸고, 또 하나의 칼은 하루키를 향해 날아오는 칼을 막으며 바닥에 떨어졌다.

“으악, 내 손목! 내 손목!”

도요토미는 고통에 몸부림쳤다.

“엄살은. 내가 던진 건 역날 검이었어. 잣 또이치 할멈만 아니었어도, 콱 그냥.”

혼비백산한 도요토미와 벤또 부인은 도망치기 시작했다. 불구덩이에서 도망치는 사람들처럼 필사적이었다.

찌르지마쇼는 지금까지 가지고 다니던 999개의 칼을 찾아 두 사람을 향해 쉼 없이 던졌다.

휘익 휘익 휘익.

두 사람은 이리저리 도망치려고 발버둥쳤지만 어디를 가도 칼들이 꽂히며 가는 길을 가로막았고, 점점 범위를 좁혀 결국 그들을 옴짝달싹 못하게 만들었다.

“와와 와아 와아.”

병사들은 도망치기에 급급했다.

노빈손 일행이 수레 문을 열자 아이들이 부모들의 품을 향해 달려가 안겼다. 길고 긴 고난의 세월을 넘어 사람들이 그렇게 손꼽아 기다리던 일이 실현되는 순간이었다. 노빈손은 이 광경을 지켜보는 것만으로도 가슴이 벅찼다.

누군가 노빈손을 꽉 끌어안았다.

“낭자, 이러시면 안 됩니다. 전 여자친구가 있는 몸! 제가 잘생기긴 했지만 참아 주세요.”

자신에게 홀딱 반한 여인의 접근으로 생각한 노빈손이 잔뜩 분위기를 잡았다.

"형! 형이 아니었다면… 전 정말……."

하루키의 작은 손이 노빈손을 꽉 끌어안은 것이었다.

"징그럽게 왜 이러셔."

말은 그렇게 했지만 사람들의 주군이 될 하루키를 이렇게 안아 보는 것도 마지막인 것 같아 노빈손도 어깨를 다독였다.

"뭐야, 두 사람만 분위기 잡는 거야? 날 빼놓으면 안 되지. 해피엔딩인 가부키를 보는 것 같아 기분 좋다."

"형님, 저도 있습니다. 359패 1승 스모 선수, 우루사와를 빼놓으면 안 되죠. 난 아무래도 씨름에 천부적인 소질이 있는 것 같아요, 형님."

"그럼 사부님이 워낙 뛰어나니까 당연히 제자도 뛰어난 거 아니겠어. 헤헤."

이치카와와 우루사와가 노빈손과 하루키를 덥석 끌어안 았다.

"아무튼 촌스럽기는. 좀 쿨하게 기뻐하면 안 되는 거냐? 그렇다면 나도!"

휘리릭 휘리리릭 타아악.

공중 3회전을 하며 찌르지마쇼도 노빈손의 등에 올라탔다.

"오늘이야말로 진정한 승부였습니다. 할멈에게 많이 배웠어요. 이리 오세요. 저희가 한번 안아 드리지요."

긴 여행에서 서로에게 힘이 되어 주던 사람들은 서로에게

신사에 가면 공통적으로 볼 수 있는 것이 있다. '도리이'라는 천(天)자 모양의 문이다. 이 문은 새가 쉬어 가라고 만든 것인데, 일본인들은 새가 신이 보낸 사신이라고 믿었기 때문이다. 도리이는 속세와 신성한 구역을 구분짓는 역할도 하는데 5~6세기경 한반도에서 건너간 솟대에서 유래했다고 한다.

얼굴을 묻으며 기쁨의 순간을 만끽했다.

사람들은 미야자키 하야네 가문이 다시 일어서게 된 것을 기뻐하며 자신들의 새로운 주군을 향해 큰절을 올렸다.

그때 갑자기 마을 사람들 중 누군가가 소리쳤다.

"맙소사, 미야자키 가문을 일으킨다던 다섯 사람들이 바로 당신들이군요?"

묵직한 산의 움직임을 연상시키는 인물 충(忠) 우루사와, 백 년을 산, 그리고 앞으로 오백 년을 넘게 살 인물 인(仁) 이치카와, 그리고 용의 머리를 쥔 날쌔고 용감한 인물 용(勇) 찌르지마쇼, 그리고 존재하지 않는 것, 보이지 않는 것을 믿어 주는 인물 신(信) 잣 또이치, 마지막으로 어떤 상황에도 대응할 수 있는 지혜를 갖춘 인물 지(智) 노빈손까지.

그렇게 찾아 헤매던 사람들이 자기 자신들이었다니…….

어쩌면 이들은 히데요시가 그렇게 찾고 싶어 하던 사람들이 아닐지도 모른다. 하지만 중요한 건 이들이 함께했기에 사람들의 희망을 현실로 만들 수 있었다는 사실이다.

일본 자동차는 우리나라와 반대로 왼쪽 차로를 달린다. 일본에 자동차가 들어온 건 19세기 후반인데 일본이 근대화의 모델로 삼은 국가가 영국이었다. 그래서 자동차의 주행 방향도 영국과 같은 것이다. 일본은 택시의 뒷문을 택시기사가 스위치로 열어준다. 이것은 서비스 정신이 뛰어난 일본인의 특성 때문이다.

소원을 이뤘다면 눈동자를 그려 넣어 주세요

모시모시,
여기는 일본이무니다!

숨막히게 달려온 일본 여행 어땠어? 이제 일본에 대해선 모르는 게 없을 것 같다고? 짜잔~ 그래서 준비했습니다. 일본에 관한 문제 총집합! 슬슬~ 실력 발휘 좀 해볼까?

긴가민가 OX 퀴즈

1_ ☐ 다실로 들어가는 입구는 허리를 굽혀야 들어갈 수 있을 만큼 작다.

2_ ☐ 가부키에서 배우의 습명을 받을 때는 그 배우의 팬클럽까지 물려받는다.

3_ ☐ 스모는 한 판에 끝내야만 한다.

4_ ☐ 헤이안 신궁이라는 신사의 제신은 칸무 천황으로 백제인이다.

5_ ☐ 일본인들의 성묘는 비석에다 물을 퍼서 뿌려 주며 돌아가신 분의 갈증을 풀어 주는 물 공양을 한다.

6_ ☐ 노래방 18번은 가부키에서 나온 말이다.

7_ ☐ 숟가락 없이 젓가락만으로 밥을 먹는다.

8_ ☐ 일본은 1200년 동안 육식을 금했었다.

223

9_ ☐ 옛날에는 다다미를 들고 이사를 다녔다.

10_ ☐ 유카타는 목욕 후에 입는 간편한 기모노였지만, 나중에는 외출용으로도 입었다.

이것은 무엇일까요?

1_ ☐ 스모 선수들은 경기를 시작하기 전 부정을 없애는 의미로 이것을 모래판에 뿌린다.

① 맛소금   ② 깨소금   ③ 소금   ④ 비듬   ⑤ 고춧가루

2_ ☐ 스모 선수들은 마와시가 땀에 젖으면 이렇게 한다.

① 드라이클리닝 한다
② 조물조물 손빨래 한다.
③ 다른 사람 것과 바꿔치기 한다.
④ 세탁기에 돌린다.
⑤ 나무에 널어 햇볕에 말린다.

3_ ☐ 미안합니다, 실례합니다, 얼마입니까, 계십니까? 이 모든 표현은 이것 하나로 대신할 수 있다.

① 돈   ② 오겡끼데스까   ③ 춤
④ 스미마셍   ⑤ 눈물   ⑥ 눈빛

4_ ☐ 집에 찾아온 손님에게는 이것을 권했다.

① 담배   ② 목욕   ③ 운동   ④ 독서   ⑤ 여행

5_ ☐ 쇼루이아와레미 령으로 인해 이것은 귀하게 대접받았다.

① 말숙이   ② 노빈손   ③ 잣 또이치
④ 동네 똥개   ⑤ 스모 선수   ⑥ 벤또 부인

1. 중요한 일을 시작할 때 한쪽 눈을 그리고 소원이 이루어지면 다른 한쪽에 나머지 눈을 그려 넣어 축하하는 인형은?

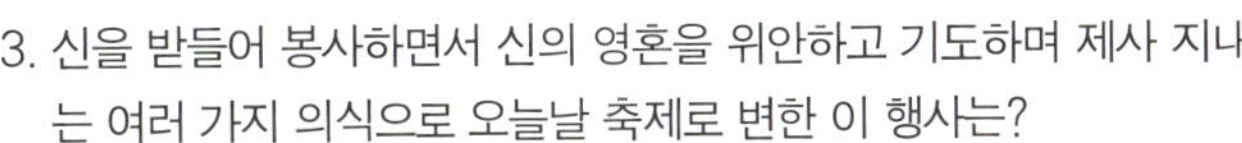

2. 일본에 지진과 화산이 잦은 이유는?

3. 신을 받들어 봉사하면서 신의 영혼을 위안하고 기도하며 제사 지내는 여러 가지 의식으로 오늘날 축제로 변한 이 행사는?

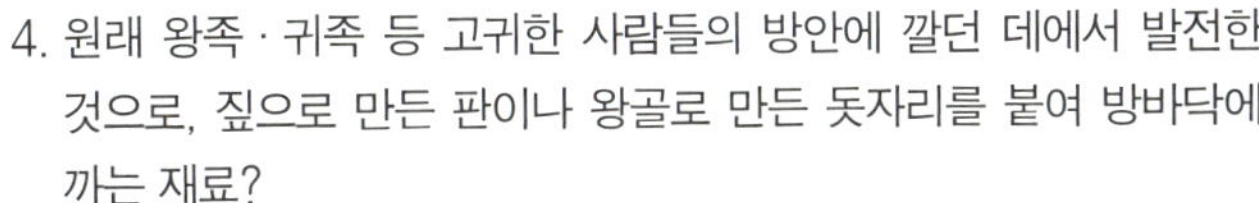

4. 원래 왕족·귀족 등 고귀한 사람들의 방안에 깔던 데에서 발전한 것으로, 짚으로 만든 판이나 왕골로 만든 돗자리를 붙여 방바닥에 까는 재료?

225

▶ **정답**

긴가민가 OX 퀴즈

1~10. 〉 전부 O

이것은 무엇일까요?

1 〉③ 수금   2. 〉⑤ 나무에 널어 햇볕에 말린다.   3. 〉④ 스미마셍   4. 〉② 목욕
5. 〉④ 동네 똥개

보너스 주관식 퀴즈

1. 〉 다루마
2. 〉 지진대, 화산대에 인접해 있으므로
3. 〉 마츠리
4. 〉 다다미

역사는 연필로 쓰세요, 지우개로 깨끗이 지워야 하니까?

고이즈미 총리가 참배를 하는 야스쿠니 신사는 일본 도쿄
중심가에 위치하고 있어. 이곳에는 메이지 유신 당시 숨진
천황의 충신뿐 아니라 청일전쟁, 러일전쟁, 중일전쟁, 태평

양전쟁 등 일본이 과거 100여 년 동안 일으켰던 전쟁에서
사망한 사람들이 군신으로 모셔져 있어. 수많은 사람들을
죽인 A급 전범들도 군신으로 모셔져 연간 600만 명이 이곳
에 참배를 드린다고 해. 세계 2차 대전을 일으킨 장본인들
을 영웅으로 모시고 고개 숙여 참배하며 전쟁을 미화하고
정당화하려는 이들의 노력, 어째 으스스하지 않아?

한 술 더 떠서 교과서를 왜곡해 후세들에게 잘못된 역사를
가르치고 있으니……. 정말 간 큰 일본 사람들이지 뭐야.
물론 바른 일본인들은 자신들의 잘못을 깊이 반성하고 있지
만 말이야.

일본이 지우고 다시 쓰고 싶어 하는 교과서 역사 왜곡, 어떤
것들이 있는지 알아볼까?

야스쿠니 신사

일본은 백제, 신라, 가야를 지배했다?
황당한 소설, 임나본부설

[일본의 야마토 조정은 4세기 후반 한반도 남부에 진출, 백
제·신라·가야(임나)를 지배했으며 특히 가야 지역에는 임
나일본본부라는 통치기구를 둬 6세기 중엽까지 직접 통치했
다…….]

한국인이라면 누구나 황당해할 이런 내용이 버젓이 일본 교
과서에 나와 있어. 일본은 그 근거로 일본서기, 백제의 칠지
도, 그리고 광개토대왕의 비문을 자기 편할 대로 해석해 소
설 같은 역사를 다시 쓰고 있지. 하지만 조금만 역사를 공부

해 보면 이 모든 것은 말 그대로 황당 그 자체야.

임진왜란을 일으킨 히데요시는 국민 영웅?

임진왜란을 일본에서는 문록장경의 난이라고 해. 학계에서는 도요토미 히데요시가 국내의 반발을 돌리기 위해 조선을 침략했을 것이라고 말하고 있지. 일본은 임진왜란의 원인을 명나라를 정복하고자 큰 꿈을 가지고 조선에 진출했다고 하며 도요토미 히데요시를 영웅화하고 있지. 또 '침략'이라는 단어를 '출병'이라고 고쳐 일방적 침략 사실을 숨기고 일본군에 의해 자행된 많은 물적·인적 피해를 축소시키려고 하고 있어.

종군위안부는 자발적인 것이었다?

일본군 위안부는 일제 식민 시기에 일본군 '위안소'로 연행되어 일제에 의해 조직적이고, 강제적·반복적으로 성폭행당한 여성들을 일컫는 말이야. 유엔 인권위원회에서도 반인륜적 전쟁 범죄라고 규탄한 바 있지. 종군위안부로 끌려가 죽어도 지워지지 않을 시퍼런 응어리가 남아 있는 할머님들이 버젓이 살아 계신데도 종군위안부는 자발적인 것이었다느니, 일본 정부는 모르는 일이라느니 말하는 어처구니없는 이들의 태도는 세계적인 비난의 대상이야.

한반도는 위험한 흉기? 한반도 위협설

[…일본을 향하여 대륙에서 한 개의 팔뚝이 돌출되어 있다. 그것이 한반도이다. 한반도가 일본에 적대적인 대국의 지배

하에 들어가면 일본을 공격하는 절호의 기지가 되어 배후가
없는 일본은 자국의 방위가 곤란해진다. 그런 의미에서 한반
도는 일본을 향해 항상 들이밀고 있는 흉기가 될 수밖에 없
는 위치 관계에 있었다.]
―일본 새 역사 교과서 검정 신청본 중

위 글은 한 글자도 안 틀리고 일본 새 역사 교과서에 실릴
내용이야. 이 말은 곧 한반도가 자신들의 위협의 대상이어
서 자신들을 지키기 위해 침략할 수밖에 없었다며 침략을

정당화하고, 청일전쟁·러일전쟁도 다 일본을 위해 벌일 수밖에 없었다는 얘기가 돼.

그 밖에도 왜구에는 조선인도 포함되어 있다는 둥, 동학농민운동 때는 조선이 혼란스러워 군대를 보내 조선을 도왔다는 둥, 조선통신사를 일본 장군이 되기 위한 사절단이라는 둥 말도 안 되는 얘기들을 날조해 놓았어.

역사는 자기 반성과 엄정한 평가를 통해 다음 세대에게 살아가는 삶의 한 방향을 제시해 주는 역할을 해. 그러기에 과거 역사에 대한 철저한 자기 반성과 성찰이 없다면 인류는 결코 앞으로 나아갈 수 없을 거야.

독일은 2001년 수도 베를린 한복판에 유태인 박물관을 건립했어. 겉 표면을 불태운 듯한 건물은 유태인 대학살과 독일계 유태인의 죽음을 추모하는 상징이자, 자신들의 잘못된 과거사를 청산하고자 하는 독일의 결연한 의지를 보여 주는 것이지.

독일과 일본, 이 두 나라가 잘못된 역사를 어떻게 바로잡으려는지를 비교해 보면 마음이 씁쓸해지는 걸 감출 수 없어.

일본이 자신들의 어두운 역사를 진심으로 반성하고 화해의 손길을 뻗어올 때 대한민국과 일본의 거리가 한층 더 좁혀질 수 있을 텐데 말이야.

하지만, 그들의 잘못을 탓하기에 앞서 우리는 역사에 대해 얼마나 알고 있는지, 역사를 대하는 태도는 어떤지 자기 반성의 시간을 가져보는 건 어떨까? 역사가 힘 있는 자에 의

해 다시 쓰여질 수 없는 것처럼, 기억상실증에 걸린 역사는
아무도 대신 기억해 줄 수 없다는 걸 알아야 해.

에필로그

남은 이야기들

마을 사람들은 하루키를 주군으로 모시는 의식을 치르고, 다섯 사람을 극진히 대접했다. 마을은 빠르게 안정을 찾아갔다. 미야자키 하루키는 토지를 백성들에게 나눠 주어 농사를 짓게 하였고, 세금을 대폭 감면하여 부담을 덜어 줬으며 아이들을 위한 학교를 짓고 글을 가르쳤고 문화예술의 부흥에도 많은 노력을 기울였다. 마을 사람들은 십여 년 만에 찾아온 평온함을 긴 겨울이 끝나고 찾아온 봄볕처럼 귀하게 받아들였다.

도요토미와 벤또 부인은 하루키의 선처로 농사꾼으로 돌아가 다시 처음부터 시작하는 삶을 살게 되었다. 미야자키 가문의 재건 소식을 들은 히데요시는 기적적으로 회복하여 지금은 상태가 많이 호전되었다. 우루사와는 스모와 씨름을 결합해 전국 대회에서까지 승승장구하는 스모 선수로 거듭났으며, 승부에 연연하던 찌르지마쇼는 잣 또이치를 졸졸 쫓아다니며 제자로 받아달라고 지금까지도 조르고 있다.

이치카와는 아이들에게 가부키를 전수하며 자신의 숙명을 이어갈 제자를 양성하는 일에 몰두하고 있다고 했다.

이제 노빈손은 슬슬 다시 세계 여행길에 오를 채비를 했다. 무인도에서 만들던 실력을 발휘해 엉성하지만 꼼꼼하게 뗏목을 만들어 바다에 띄웠고, 노빈손이 떠난다는 소식을 든

233

일본의 가장 북쪽 섬 홋카이도의 중심도시인 삿뽀로에서 매년 2월 초순경부터 중순에 이르기까지 오오도리 공원 일대에서 눈축제가 열린다. 아름답고 신비한 얼음 조각들도 전시되어 있고 눈에 관한 다양하고 재미있는 행사들도 진행된다. 야간에는 건물만한 대형 얼음조각 무대에서 각종 음악회가 열린다고 한다. 해질 무렵 눈축제는 환상 그 자체라고.

고 많은 사람들이 작별 인사를 하기 위해 모여 들었다.

"왜 벌써 가려느냐?"

잣 또이치는 노빈손의 손을 놓지 않았다.

"세계 여행을 여기서 멈출 순 없잖아요. 예정대로 독도에 들러서 태극기도 휘두르고 다음 나라로 출발하려구요. 무엇보다 더 늦었다간 말숙이가 가만 두지 않을걸요."

"언젠가 정식으로 씨름을 배우러 형님네 나라에 가 볼 겁니다. 반겨 주실 거죠?"

"언제든 대 환영이지. 참, 아우야. 독도가 누구네 땅이라고?"

"그야 당연히 형님의 나라, 대한민국 땅이죠. 독도를 일본 땅이라고 우기는 놈이 있으면 제가 혼내 주겠습니다."

노빈손은 그 동안 우루사와를 가르친 보람이 있어 흐뭇했다.

"더 있다가 가면 좋을 것을."

잣 또이치는 그래도 섭섭한지 노빈손을 놓아 주지 않았다.

"거 너무 그러지 마세요, 사부님. 제가 있잖습니까. 빈손이보다 더 꽃미남인 저도 좀 예뻐해 주세요. 사부님, 너무하십니다."

"넌 너무 잘생겼어. 빈손이의 부담 없는 얼굴이 내 타입이야."

할멈, 할멈 하며 잣 또이치를 부르던 찌르지마쇼의 입에서 사부님이라는 말이 나오다니 뜻밖이었다.

일본의 화폐
일본 화폐는 엔(円/えん)이라고 하며, 주화는 1엔, 5엔, 10엔, 50엔, 100엔, 500엔 등 6종류가 있으며, 지폐는 1,000엔, 5,000엔, 10,000엔 3종류가 있다. 1,000엔에 새겨진 인물은 소설가로 유명한 나츠메 소세키이다. 환율은 우리나라 돈 927.35원이 100엔이다(2005년 7월 1일 기준).

"눈송이와의 대결을 고대하며 사부님 밑에서 열심히 무술을 더 연마해야지."

찌르지마쇼가 노빈손에게 윙크를 해보였다. 걱정 말라는 얘기였다. 듬직한 찌르지마쇼가 잣 또이치 할머니를 돌봐드릴 걸 생각하니 그래도 마음이 놓였다.

"인생은 한 편의 가부키라고 생각했었는데, 빈손이 너의 인생은 예외야. 네 인생엔 대본이 없어. 완전히 예측 불허거든. 잘 지내야 한다. 여기 내가 쓰던 분첩이야. 자외선 차단도 되니까 세계 여행 할 때 바르고 다니렴."

"헤헤, 모두들 고마워요. 덕분에 일본 여행이 정말 즐거웠다구요."

노빈손은 모두의 얼굴을 가슴속에 간직하기 위해 사진을 찍듯 하나하나 찬찬히 바라보았다.

"고마웠습니다. 빈손 형님이 없었다면 저는……."

의젓한 하루키는 노빈손이 떠나는 것이 정말 아쉬운지 잔뜩 눈물을 머금고 있었다.

"넌 잘할 거야. 많은 사람들을 행복하게 해줄 수 있는 주군이 되길 빌어."

어디선가 날아든 노란 봄 나비가 하루키 주변을 살랑거리며 맴돌고 있었다.

"형님에게 배운 것이 참 많아요. 당신을 이제 손사마라고 부르겠습니다. 보고 싶을 거예요. 손사마."

인정 흥정 봐줄 것 없다
일본은 거의 대부분 정찰제로 흥정이 없다. 하지만, 재래시장이나 자주 가는 단골집에서는 말 안 해도 깎아 준다.

"하하, 이러지들 마세요. 난 그냥 노빈손이라고 불러 주는 게 편한걸요."

말은 그렇게 했지만 잘생긴 영화배우의 동생쯤 되는 것 같아 어깨가 으쓱했다.

언제 만날지 모르는 터라 그들의 작별인사는 아쉽고 또 안타까웠다. 노빈손은 서운해하는 잣 또이치 앞으로 다가섰다.

"할머니, 이거 선물이요. 제가 여행하면서 쓰던 선글라스인데 할머니한테 잘 어울릴 것 같아서요."

"오, 이거 멋있는데. 어때 잘 어울리냐?"

잣 또이치는 선글라스를 쓰고 포즈를 취해 보였다.

"할머니 건강하셔야 돼요. 그리고 이제 나이가 있으시니까 내려와서 주무시구요. 떨어지면 큰일이잖아요."

"무슨 소리, 닌자는 천장이 더 편한 법이다."

노빈손은 마지막으로 잣 또이치를 덥석 안고 귓속말로 속삭였다.

"오래오래 사세요. 전설의 검객 눈송이님."

"커어억! 어떻게 눈치 챘냐?"

"장님은 샛눈을 뜨지 않죠. 도요토미와 싸울 때 있잖아요, 그때 날아오는 독침을 잡으려고 살짝 샛눈을 뜨시는 걸 봤지요."

"내가 언제 그랬어?"

잣 또이치는 시치미를 뚝 뗐다.

"그때 보니 할머니의 한쪽 눈동자가 하얗던 걸요!"

"헐~ 완벽하게 속일 수 있었는데……. 아깝다, 아까워. 그건 너와 나만의 비밀이다!"

잣 또이치는 노빈손만 보이게 살짝 윙크를 했다.

노빈손은 짐을 둘러메고 길을 나섰다.

"손사마, 다음은 어느 나라를 갈 건데?"

잣 또이치가 물었다.

"글쎄요. 어디를 가든 기대해 주세요. 모두들 안녕."

소설 〈설국〉의
무대였던 온천
1968년 노벨문학상 수상자인 가와바타 야스나리의 중편소설인 〈설국〉의 주무대는 '니카타 현'의 온천이다. 〈설국〉 여주인공의 모델이었던 코타가 기쿠는 1999년 83세의 나이로 별세했다. 고타카는 설국의 무대가 됐던 니카타 현 온천 휴양지에서 게이샤로 일하던 중 집필을 위해 이곳을 찾은 청년작가 가와바타의 눈에 띄어 설국의 주인공인 '고마코'의 모델이 됐다.

일본 역사 꼼꼼히 들여다보기

섬나라인 일본은 반도인 우리나라를 통해 선진 문물을 받아들이기도 했고, 대륙 진출을 모색하기도 했어. 그래서, 일본의 역사를 살펴보면 우리나라에 어떤 일이 있었는지 알 수 있는데 말야, 이번 기회에 일본 역사를 통해 우리나라 역사를 들여다보는 것도 좋겠지? 약 2만 년 전 대륙으로부터 분리, 100여 개의 소국에 불과했던 일본이 세계 2차 대전의 패전국에서 세계 경제대국으로 성장하기까지 그 숨막히는 역사, 어떤 일들이 있었는지 어디 한번 들여다볼까?

238

시대	일본	대한민국
죠몬 시대 (BC 8000 ~B.C.300)	수렵과 고기잡이 생활	B.C. 6000 무렵 신석기 시대 시작 B.C. 2333 단군 신화의 고조선 건국
야요이 시대 (B.C. 300 ~A.D.300)	BC 400 한반도에서 벼농사가 전해지고 야요이 시대가 시작됨 147~189 왜, 내란으로 혼란. 야마타이코국에서 무당인 히미코가 여왕이 됨 372 백제가 왜왕에게 칠지도를 내림	157 신라의 연오랑과 세오녀가 왜국으로 건너감 397 백제, 왜국과 우호 관계 맺음
야마토 시대 (A.D.400~710)	552 백제가 일본에게 불교 전파, 성덕태자가 헌법17조를 제정 587 소노 씨가 모노노베 씨를 멸망시킴 630 제1회 견당사 파견 고대 동아시아적인 중앙집권국가 성립의 출발점 668 중대형 왕자가 즉위, 덴지왕이 됨 672 임신의 난	404 광개토왕, 황해도 지역에서 활동하던 백제 · 왜 연합군을 격멸함 512 신라 이사부(異斯夫) 우산국(울릉도) 정복 664 나당 연합군, 백제 · 왜 연합군을 백강 전투에서 대파
나라 시대 (710~793)	710 나라로 천도 712 일본 최초의 역사서 '고사기'를 만듦 720 일본서기가 이루어짐, 동대사의 대불 완성	
헤이안 시대 (794~1185)	794 간무천왕, 헤이안으로 천도 858 후지와라노 요시후사가 섭정 894 견당사 폐지 935 가나 문자를 사용하기 시작 935 다이라노 마사카도의 난 996 후지와라노 미치나가, 좌대신이 됨 후지와라 씨의 전성기, 무사가 힘을 가지게 됨 1156 호겐의 난 1159 평치의 난 1167 다이라노 기요모리, 태정대신이 됨 1185 다이라 씨가 망함 1192 가마쿠마 막부 시작	882 일본 사신이 황금 300냥과 야광구슬 10개를 신라에 바침 1039 일본인 남녀 26명 고려 귀화
가마쿠라 시대 (1185~1333)	1192 가마쿠라 막부 시작(초대장군 : 미나무토 유시토모) 1274 몽골군이 북 규슈 공격, 태풍으로 저지당하고 철수 1281 재차 몽골이 공격 1331 고다이고 천황에 의한 가마쿠라 막부 토벌, 쿠데타 발발 1333 가마쿠라 막부 망함 ▶ 남북조 시대(1336~1392) : 남조와 북조 서로 대립	1280 일본 정벌을 위해 시켱에 징동행성 실치
무로마치 시대 (1336~1573)	1336 아시카가 다카우지, 무로마치에 막부를 열다 1338 아시카가 다카우지, 정이대장군 됨. 남북조 통일 1467 오닌의 난 (~1477) 1549 스페인의 자비엘, 카고시마에 와서 기독교를 전함 1560 오케하자마 전투 (오다 노부나가가 이마가와 요리시토 물리침) 1573 무로마치 막부 멸망	1369 왜구가 충청도 일대 조세 운반선 약탈 1374 왜구가 경상도 침입해 병선 4척을 불태움 1380 황산대첩 : 최무선의 지휘로 왜선 500척 격파

시대	일본	대한민국
전국 시대 (1477~1573)	무로마치 시대의 '오닌의 난' 수습에서 무로마치의 마지막 장군 아시카가 요시아카 경도에서 추방되고 노부나가의 패권이 확고해진 시기를 가리킴 ▶ 아즈찌모모야마 시대(1573~1600) 노부나가와 히데요시가 실권을 잡았던 시대 **1583** 오사카 성의 축성 공사 시작 **1592** 도요토미 히데요시, 조선을 침략(임진왜란) **1597** 도요토미 히데요시, 재차 조선을 침략(정유재란) **1600** 세키가하라 전투(히데요시와 도쿠가와의 전투)	**1510** 삼포왜란, 안골포에 침입한 왜구를 무찌름, 왜구에 대비하여 국방을 강화 **1547** 정미약조, 왜와의 무역 공식화 **1555** 을묘왜변, 왜구 선박 70여 척이 약탈, 왜구의 잦은 침입 **1587** 일본이 통신사 파견 요청 **1592** 임진왜란 **1593** 행주대첩, 3만여 명의 왜군과 전투, 왜군 한성으로 퇴각 **1597** 정유재란 **1598** 노량해전, 이순신 함대, 왜의 수군을 대파
에도 시대 (1603~1867)	**1603** 도쿠가와 이에야스, 에도에 막부를 설치 **1613** 전국에 기독교 금지령 **1615** 오사카 여름 지진 **1629** 막부, 여자에게 가부키 금지시킴 **1702** 아코낭인의 복수 : 추신구라를 탄생시킨 역사적 사건, 후지산 폭발 **1853** 미국 동인도 함대가 개항을 요구 **1860** 요코하마 개항 **1864** 청일전쟁 발발 **1867** 도쿠가와 막부가 정치 권력 포기, 황실에 돌려줌	**1615** 일본에서 고추가 들어옴 **1616** 일본으로부터 담배 들어옴 **1693** 안용복, 독도에서 왜인을 쫓아내고 울릉도와 독도가 조선의 영토임을 확인시킴 **1694** 정부, 일본에 왜인의 울릉도 출입을 금하도록 요구
메이지 (1868~1912)	**1868** 도쿄로 천도 **1902** 영일 동맹 체결 **1904** 러일전쟁 발발 **1909** 이토 히로부미, 하얼빈에서 암살 **1910** 한국(대한제국)을 병합	**1873** 조선에 압력을 가해 외교 관계를 맺고자 시도 **1876** 강화도조약, 불평등조약, 삼아 8척의 군함과 600여 명의 병력을 조선에 보내 무력으로 협상 강요 **1881** 일본에 신사유람단 파견 **1904** 한일의정서 강제 체결, 러일전쟁으로 인한 편의 제공 강요 **1905** 을사조약. 외교권 박탈 **1909** 독립운동가 안중근, 이토 히로부미 암살 **1910** 한일합병 조약 조인, 이완용이 한국통치권을 일본에게 양도하는 문서에 서명, 국호가 조선에서 대한제국으로 바뀜
다이쇼 시대 (1912~1926)	**1914** 세계 1차 대전 시작, 일본이 독일에 선전포고 **1923** 관동 대지진 발생	
쇼와 시대 (1926~1989)	**1931** 만주사변 후 만주국 건설 **1941** 일본군 진주만 공습, 태평양전쟁 발발 **1945** 히로시마.나가사키에 원자폭탄 투하, 포츠담 선언을 수락하고 일본 무조건 항복 **1946** 천황 인간 선언, 일본 헌법 공포 **1964** 도쿄 올림픽 개최 **1982** 역사 교과서 문제로 중국, 한국 등 아시아 제국으로부터 비판을 받음 **1989** 쇼와 천황 사망	**1938** 황국식민서사 낭송 강요 **1938** 조선육군특별지원명령 중일전쟁 후 조선 청소년을 전쟁터로 끌어들임 **1943** 징병제, 학병제 공포. 조선 청년 대거 징집 **1944** 여자 정신 근로령 공포, 12세 이상, 40세 미만의 여성에게 정신 근로령을 발급하여 강제동원 **1945** 대한민국 임시정부 수립 **1950** 6 · 25전쟁 발발
헤이세이 시대 (1989~현재)	**1995** 고베 대지진 **2002** 월드컵 한 · 일 공동 개최